日本史中的男男情愛

山本博文／監修
鄒玟羚、高詹燦／譯

外遇糾葛、PLAY招數、春畫……
腐味飄揚的男色盛世

驚呼連連！
日本男兒的悠遠歷史
男色
若眾道
若道
眾道
男道
美道
大家知道這幾個詞所指何事嗎？

那就是
男人之間的
LOVE。
在江戸時代的大眾文學，以及滑稽本、川柳、遊記、日記等各式文學中，都有男男愛的蹤影。
由此可見，在當時，男人愛男人可謂是司空見慣之事。
就是日常

這些男色
從辛辣的商場之愛，
為了出人頭地!!
才會如此！
到用淺嚐小試心態去玩玩的都有，
呀~
甚至還有以命相搏的愛情故事，
真的是形形色色、無奇不有。
我也一起！
我愛你，所以我要去死！
ザザーー

※ 嘩啦——

從古代的
天皇、
公卿、
平安貴族、
僧侶，乃至於
武士、將軍、
歌舞伎演員、
江戶的
普通大叔
都曾參與其中，
眾星雲集。
而且，
連女人們都
加入了男色
之戰。
興沖沖
當時任誰都
不會感到訝異的
事實，一直都
存在於日本人的
歷史當中，直到
約莫200年前爲止。
那麼，
請各位好好
欣賞吧！

前言

BL（Boy's Love）是少女漫畫的人氣題材。近來，「高齡男性愛上年輕男子」也成了創作的主題之一。從現代的角度來看，或許會覺得它是蔚為風潮的題材；然而只要回顧一下日本歷史，便會發現「男色」——即男性之間相愛或發生關係，其實是件稀鬆平常的事。

男色的歷史早在古時平安貴族與僧侶們的時代，就已出現在史料中，但是直到武士們互拚你死我活的戰國時代，男色才開始普及化。當時的人們稱之為「若道」、「眾道」等。例如織田信長與森蘭丸的關係就很有名，然而真相又是如何呢？

眾道從「只是玩玩」逐漸發展成「拚了命」的男同志愛情。

因此，若是主君死亡，受其寵愛的小姓們也會跟著切腹。這就是所謂的「殉死」風俗。殉死原本只是具有主君和眾道關係的人在做的事，但後來被視為美談，於是連無關的

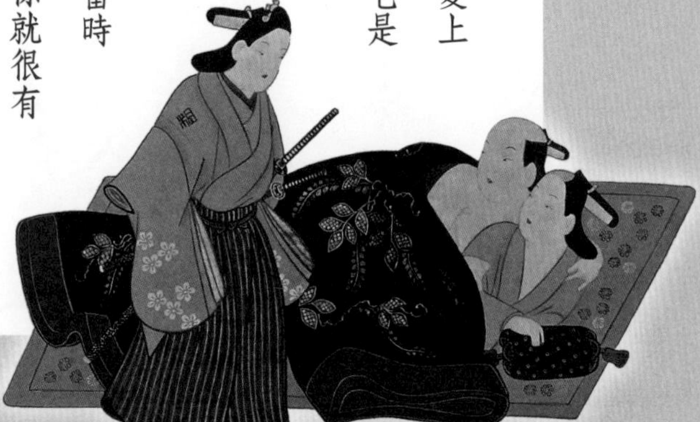

《男色祕戲畫帖》
圖片提供：角匠

人都開始出現殉死行為。

然而，那也不是為了忠義而被迫這麼做，通常都只是為了「單方面崇拜主君」、「生前曾被關心過」之類的小理由就去死了。在政治婚姻較多的時代裡，男人與男人的愛情，可以說是比男女之間的愛情強大多了。

江戶時代中期以後，平民開始將眾道關係視為理所當然之事。提供男娼的陰間茶屋也隨之繁盛。《東海道中膝栗毛》裡頭的彌次與喜多也是這樣的關係。即便到了近代，這樣的風俗也保留了好一陣子。

本書將會具體闡述那些藏在日本史背後、不為人知的男色歷史。

內容也許會令您感到驚訝，但這就是史實。

二〇二〇年四月　東京大學史料編纂所教授　山本博文

◆目次◆

戰國武將們的BL

庶民的男色與歌舞伎

THE陰間 62

太平盛世的色道

德川將軍的傳聞

※本書中標有「*」記號的圖片，都是由双葉社編輯部上色。
※若史料上有明確的年齡，則本書也會記載該年齡；若沒有明確的年齡，則一部分以虛歲表示。
※本書刊載之內容有些存在諸說。
※P 8～11的圖片取自《眾道物語 2 卷》、《浮世續》、《男色比翼鳥 6 卷.〔 2 〕》、《男色木芽漬 6 卷.〔 4 〕》、《野白內証鑑 4 卷.〔 2 〕》、《古今武士形氣 5 卷.〔 5 〕》。國立國會圖書館典藏*。

白河法皇的美少年之愛是親子丼?!

登場人物
白河法皇

（1053～1129）平安時代的第72代天皇。法皇為白河天皇出家後的稱謂。他是第一位實行院政的法皇，且掌握最高領導權超過40年。

我們在歷史課上學到了奈良時代，以及後來的平安時代。其實，日本在這麼古早的時代裡，就已經有Boy's Love，也就是「男色」的相關紀錄了。

而令人驚訝的是，連當時的天皇們都會正大光明地搞男男情愛。其中一個很有名的例子就是白河天皇。白河天皇在出家、讓位後，仍實行院政。這位世稱白河法皇的大人物，不僅在女性關係上隨心所欲，還愛好男色，而這件事在當時也是眾所皆知的事實。

在江戶時代初期的文獻《鹽尻》（元祿10年・1697年）中，即有這樣的記載：白河法皇要求由長相可愛的青少年們，打扮成女性的模樣來伺候自己。

於是，少年們也開始用眉黛在額頭上畫眉，然後塗上口紅、腮紅等。早在當時，「雪白的肌膚」就已經是美人的必備條件了。塗著昂貴「白

粉」的人，即代表他的身分地位很高貴。

當時的未婚女性開始流行將牙齒塗黑，而服侍法皇的少年們也都這麼打扮，因此他們的外觀幾乎跟女性一模一樣。當然啦，他們八成也得做夜裡的那些事。這也難怪法皇會貪圖這些年齡都足以當他孫子的小鮮肉們了。

此外，《今鏡》（1170年左右）中也有白河法皇寵愛藤原宗通的相關記載。據說藤原宗通從小就跟著白河法皇，連乳名都是法皇取的。後來，宗通長大成人，並與別的女人生兒育女，但法皇依舊喜愛宗通，而且還對宗通的長子——信通寵愛有加，甚至讓信通的弟弟成通當自己的寵童。愛屋及烏的範圍可說是相當大。

不僅如此，信通還受到白河法皇之孫——鳥羽法皇的寵愛。弟弟成通則變成蹴鞠名將，他

甚至可以穿戴只有天皇、上皇才能穿的顏色。可見這些位高權重者有多麼包容他。

引發平治之亂的是絕世美男！

登場人物 **後白河法皇**（1127～1192）第77代天皇。在位期間經歷了保元、平治之亂，以及鎌倉幕府的成立，是個充滿戰亂的動盪時代。讓位後亦執行了30多年的院政。

後白河法皇，人稱「日本第一大天狗」。他是平安時代末期的天皇，同時也是出了名的聰明、狡猾之人。據說他除了是個老狐狸之外，也非常喜愛男色。

其中最廣為人知的就是，從法皇還在當天皇時，就已伴其左右的寵臣——藤原信賴。信賴在夜晚很努力地服侍法皇，法皇則用高官厚祿來回報信賴的身體。

多虧如此，藤原信賴被任命為相當於大納言的「正三位」，轉眼間就爬上高位，之後更是食髓知味，想向法皇要求更高的官位。如此厚顏無恥的行徑，連其他人都看不下去了。信賴的野心因此受到阻撓。

不過信賴已經剎不了車，於是便做出跟謀反差不多的暴行。而這也引發了平治之亂，進而讓

平清盛取得政權。最後，藤原信賴被斬首，消逝於京都河原的刑場上。

話說回來，信賴究竟是不是「能媲美楊貴妃的美男子」呢？無論如何，藤原信賴具有足以引發動亂的傾城容貌，似乎也是不爭的事實。

此外，藤原成親也是後白河法皇的男同性愛對象之一。他的父親是藤原家成，即後白河法皇之父——鳥羽天皇的近臣。藤原成親後來也因鹿谷陰謀事件，被流放至備前，然後慘遭殺害。

在當時的宮中，大家除了有表面上的姻親關係之外，彼此之間亦有不少男色關係。

實際上，藤原成親是平重盛的大舅子，而且自己的女兒也嫁給了重盛的兒子。因為有此等的親戚關係，所以當成親犯下「密謀討伐平氏」這種被砍頭也不足為奇的大罪時，重盛便替他說情，讓他免於一死，改為流放。不過也有傳聞指出，其實重盛和成親之間也有男色關係，所以重盛才替他求情。亦有人說，重盛曾經是後白河法皇的對象之一。

此般複雜的男性關係，都叫人不禁要懷疑他們的心理了。

連那位花花公子光源氏都……?!

登場人物

光源氏（虛構人物）

紫式部的《源氏物語》的主角。身分設定為虛構的天皇的皇子，是一名出身高貴又英俊的花花公子。

日本古典文學《源氏物語》描繪著平安貴族們的宮廷生活點滴。在這部共有54帖的長篇大作中，有一部分的劇情透露出當時的貴族社會中也有男男情愛。

有BL的部分出現在第2帖〈帚木〉，那是發生在光源氏17歲那年夏天的事。年輕的光源氏遇見了已婚的空蟬，並深深受她吸引。光源氏硬要追求這位人妻，想親近她，卻遭到空蟬拒絕。

因此，光源氏將空蟬的弟弟——小君留在自己的身邊工作，意圖攏絡空蟬。

然而，即便託小君送情書，小君也只是被姊姊罵一頓，無功而返而已。

於是光源氏遷怒小君，故意發牢騷刁難小君說：「我都等一整天了，看來你並不像我那麼在乎你啊。」

此時的小君才13歲，對光源氏而言，小君就像弟弟般的存在。雖然發生了種種事，但光源氏還是很疼愛這位為自己東奔西走的小弟弟。

然後，被空蟬甩了的光源氏一面感嘆，一面對小君說了「只有你不會離棄我」之類的話。當晚，光源氏便將小君留在自己的身旁過夜。

小君本身應該也對俊美的光源氏抱有愛慕之

情吧。這裡雖然沒有直接描寫出他們的肉體關係，但其實第3帖的〈空蟬〉裡還有後續發展。

跑去找空蟬的光源氏。小君緊跟在身邊。
《空蟬》（局部）國貞改二代豐國繪製　國立國會圖書館典藏

尚未死心的光源氏再度前往空蟬的住處。不過，空蟬察覺到光源氏又來訪，所以先逃走了，只留下一件她脫下來的薄衣。光源氏非常失望，便將空蟬遺留下來的薄衣帶回去。

光源氏感嘆著空蟬再次無情地拒絕自己，於是當天晚上，他便讓小君躺在自己的身邊，而這回就直接開始肉體上的接觸了……。光源氏應該是覺得，小君那纖細優雅的身體與空蟬有幾分相似吧。

平安貴族寫在日記中的真實男色

登場人物
藤原賴長
（1120～1156）平安時代末期的公卿，攝政家——藤原家的貴公子。後來跟後白河法皇等人對立，戰死於保元之亂中。

平安時代的貴族們有寫日記留予子孫的習慣。尤其是當家的人，會有許多必須傳下去的重要事務，好比家訓或宮中禮節等，因此才會養成寫日記的習慣。

不過，日記本來就屬於私人的紀錄，所以裡頭也有許多男色的相關紀錄。才貌雙全的帥哥——藤原賴長也是寫過那種日記的人。只要試著讀一讀這些日記，就會發現貴族們的宮廷生活充滿了ＢＬ。

藤原賴長的日記《台記》中記載，和賴長有男色關係的男子竟多達7人。其中包含了他與源義賢（鎌倉幕府建立者——源賴朝與弟弟源義經的叔父，木曾義仲的父親）的恩愛互動。

源義賢的父親是源氏的首領，源為義。源為義失去了鳥羽法皇的信任後，便開始替藤原賴長工作，因此賴長才會注意到他的兒子，義賢。義賢當時為22歲左右。

久安4年（1148年）的日記中有著這樣的內容：「跟義賢同床，一開始雖感不快，但後來卻得到了前所未有的快感。」當時的賴長約28歲。年紀比他小的義賢似乎是「對他做出了無禮的舉動」。他先是不爽，但後來又覺得這樣其實也不錯，便將此事露骨地寫進日記裡。

另外，藤原成親（日後與平清盛對決的人物）也是賴長的男色對象之一。賴長32歲時，成親只有14歲左右。當時的賴長直接在日記中寫下「兩人一起射了」。玩男色PLAY時，雙方都射精似乎是比較罕見的情況。

除此之外還有「四月七日之後，就沒有跟任何女人或男人上過床了」、「巳時回家跟男人和女人做愛」、「本來隔天早上要去參拜，但因為夢見姦淫男人這種不乾淨的夢，所以作罷」等露骨的記載。

而且，賴長甚至寫過，自己終於和愛慕數年的男人發生關係，覺得很開心。然而，賴長本身有妻室，而且據說夫妻關係也不錯。

江戶時代繪製的貴族與稚兒交歡圖！
《男色山路露》（局部）西川祐信繪製　國際日本文化研究中心典藏*

少女般的少年？什麼是「稚兒」？

僧侶也負責養育稚兒。
《慕歸繪繪詞10卷.卷１》（局部）　國立國會圖書館典藏

寺院內住著一群負責做家事、照應僧侶生活起居的少年，也就是所謂的「稚兒」。表面上，稚兒只是跟著年邁的僧侶一起生活，而實際上，僧侶也會為了發洩性慾而對他們進行「特殊教育」。

中世紀的僧人們會讓自己的稚兒剃眉毛、塗白臉、扮女裝、把頭髮弄成少女的髮型。有時候似乎還會在剃掉眉毛的地方畫上細線。

不過，稚兒雖作女性打扮，卻也不必去模仿女性的行為舉止。他們也會吹吹笛、演奏一些男性喜愛的樂器，因此算是比較中性的存在。

在《稚兒草紙》（元享元年・１３２１年）的繪畫中，就曾出現「高僧中意的稚兒在與高僧交合前，先去找別人『鍛鍊屁股』」的場景。

稚兒請對方用手指插他，但那個男人按捺不住，便懇求：「今天讓我做到底吧。」稚兒拿他沒辦法，只好提議用假陽具試試。這也就是說，當時已有木頭、金屬、龜甲等材質的假陽具性愛玩具，而且連寺院裡都隨時備有這些東西。最後，男人使用了一種叫做「丁子油」的油，扭進去五寸（約15公分）的程度。

到了江戶時代，曾創作出人氣歌舞伎演目的劇作家——鶴屋南北也在《櫻姬東文章》（文化14年．1817年）中，寫了一篇僧侶與稚兒幽會，因而背離信仰，計劃與稚兒一起殉情的故事。故事中的僧侶曾豁出去說出他的想法，主旨大概是「自他說出『我出家的時候對佛祖發過誓，說不會再愛女人了，但心底卻無法不愛未成年的美少年。請容許我這麼做。』時，就已經拒絕佛祖了，所以現在已經沒有人會譴責他了」。

總之，從平安時代到江戶時代，僧侶與稚兒的男色關係可說是從未間斷。

「照顧」僧侶也是稚兒的要務之一。
《女貞訓下所文庫》（局部）月岡雪鼎繪製　國際日本文化研究中心典藏*

機靈小和尚一休也是?!

登場人物

一休

（1394~1481）日本室町時代的禪僧。6歲出家，後來開始雲遊四方。別名「狂風之聖」，本人亦自稱「風狂的狂客」。

卡通《一休和尚》中，有一位善於運用智慧解決問題的可愛小和尚。這是一部30多年前播出、給兒童看的動畫，而小和尚的原型人物，就是真實存在於室町時代的禪僧，一休宗純。

然而，現實中的一休禪師，可謂是一生充滿了愛慾。

他也在《狂雲集》這本漢詩集中，留下了一些與男色有關的詩。《金春八郎羯鼓》便是其中之一。

內容大概是描述「在京都五條的橋上，帥哥金春八郎的豔姿，就像飛舞的鳳凰點綴著紅色天空，令京都的遊客驚嘆不已。連腰都很誘人」。

除此之外，他也曾大大方方地寫下「骨體露堂堂，純一將軍譽，風流好色腸」，意即「身材雄偉的我，果然是將軍的榮耀。而且還是個徹頭徹尾的好色之徒」。

這本漢詩集幾乎都是以七言絕句寫成，同時也將一休那露骨的情色世界觀展露得一覽無遺。

「勇色美尼　惧に混雜」這句話的意思是，不管要找男人或找尼姑都OK，也就是說，一休自白，說出自己連當時的僧侶禁忌都照犯不誤，並且豪不避諱地享受這一切。

一休禪師雖是眾所皆知的怪人，但他也不是因為行事瘋狂才喜歡男色的。這是因為，男男情愛在當時是司空見慣之事。不過，一休甚至還對尼姑出手，可見他真的是特別風流。

而證據就是，一休禪師77歲時，竟然和一位小他50多歲、叫做森女的女性展開同居生活。他們一同飲酒、賞花觀月，沉浸在愛慾生活中。

一休禪師或許是凡人無法理解的存在。

連沙勿略都不禁皺眉！僧侶們的BL

登場人物

聖方濟・沙勿略

（1506～1552）西班牙籍傳教士，為耶穌會創始者之一。曾赴日本宣揚基督教。

天文18年（1549年），耶穌會的傳教士——聖方濟・沙勿略抵達日本。為傳教活動遠渡重洋的沙勿略，馬上就被某件衝擊的事實打敗了。

那就是僧侶們的男色。

沙勿略記錄下當時的情景：「寺院內住著一些被送來學習的少年，然後，僧侶和少年們竟然若無其事地做出要不得的事。」換句話說就是「僧侶和少年們做愛」。沙勿略搞不好還目擊了「案發過程」，否則怎麼會留下如此明確的紀錄呢？

而且沙勿略還說：「他們公然做那種事，毫不掩飾，所以男女老少都對此見怪不怪，一點都不排斥。」他顯然是被嚇壞了。傳教士們似乎認為這種風俗是「不吉祥的罪」，並將此視為非常嚴重的問題。

其實在當時，寺院之間普遍存在著男色文化。為了成為僧侶而住進寺院裡修行，就相當於過著禁慾生活。這種環境會自然而然地煽動男色，而且不只是日本，連當時的中國與其他亞洲地區的寺院，也都充斥著男同性戀文化。

中世紀時，寺院如雨後春筍般出現。當時在「大伽藍」這種大型寺院內，就有近千名大人、小孩在那裡一起生活，而且清一色都是男人。男色對忌諱異性關係的僧侶們來說，是唯一的解脫方式。又因為世人默認此事，所以他們也不會有什麼罪惡感。

似乎還有一種說法是：因為太執著於「不能與女人談情說愛」的概念，所以矯枉過正，變成強調女性的邪惡與汙穢，進而促使男色合理化。

武家「眾道」的先鋒是足利義滿！

登場人物 **足利義滿**

（1358~1408）室町幕府第3代將軍。於第2代將軍，也就是其父・足利義詮死後年幼即位。在出家後的居所內，興建了著名的金閣寺（鹿苑寺）。

日本進入鎌倉時代後，貴族沒落，轉由武士掌握實權。此時，男色文化已經在武士與貴族、僧侶的交流之下，成功滲透到武家社會中。

到了一個多世紀後的室町時代，連高高在上的將軍大人，都會光明正大地歌頌男男情愛的美好。

足利義滿是室町時代的第3代將軍，他是統一南北朝的功臣，在位期間更是將政治與文化推上室町時代的巔峰。足利義滿於37歲時退位，隔年出家，一生高潮迭起，還曾被大明王朝任命為「日本國王」。

義滿影響了後來的歷代將軍與戰國武將，可謂是「眾道」的先驅。

「眾道」不是純粹的男色，而是透過武士道形成的「心靈相通且沉重的男色關係」。主要是指年紀不相仿的男同志情侶之間的「忠誠心或師徒關係」。在立場上，也有像是主人與家臣那樣的上下關係，精神層面也較受重視，是一種新的男色風格。

順帶一提，第4代將軍足利義持也繼承了他爸爸義滿的眾道風格。義持在他所愛過的少年們當中，對赤松彌五郎持貞這個人用情最深。

持貞是個帥哥。在寫有赤松家相關紀錄的《嘉吉記》中，也能找到「藉由男寵……」的記載，也就是說，持貞是將軍的情人。後來，將軍甚至還略過赤松家的家主，直接送領土給持貞。

然而，被將軍寵過頭的持貞卻得意忘形，竟對義持的側室出手。於是，其他人便以此為把柄，猛烈地批判持貞。

最後，無法息事寧人的足利義持，只好含淚處決持貞。

連世阿彌也靠著與將軍的情愛往上爬?!

登場人物

世阿彌

（1363～1443・生、歿年有諸說）室町時代的能樂家，與其父觀阿彌一同在能樂上獲得卓越成就。而他的流派・觀世流也一直傳承到現代。

足利義滿是為人所熟知的男色愛好家，而他最喜歡的，就是長得標緻的男童了。熱愛演藝文化的義滿，也是出了名的「喜歡從事演藝工作的小正太」。

據說他還曾從能樂（當時稱作猿樂）的演出成員中，挑選出合自己胃口的少年，並讓這十幾個美少年侍候自己。

某天，這樣的義滿邂逅了世阿彌。

當時，12歲的藤若（後改名世阿彌）在京都新熊野神社的能樂表演中，和自己的父親——猿樂家觀阿彌同台演出。義滿對他一見傾心。據

說藤若的美貌堪比《源氏物語》中的紫之上。此時的義滿才17歲。若以現代的角度來看，就是「高中生對小學生一見鍾情」的感覺。

義滿踩緊油門，加速了他對世阿彌的愛。據說在永和4年（1378年），義滿還正大光明地帶著世阿彌去觀賞祇園祭。雖說男男情愛也不是什麼見不得人的事，但當時的猿樂跟現在的能樂不一樣，是一種庶民的搞笑表演，因此義滿的親信當然會抱持反感。

公卿之一的三条公忠就曾在他的日記《後愚昧記》中，批評世阿彌是「從事低俗演藝工作的少年」。

因為義滿太喜歡世阿彌，所以事態演變成「公卿們為了討好義滿，紛紛送禮給世阿彌」。

公忠可能因此有點忌妒世阿彌吧。

不管怎麼說，無庸置疑的事實就是：能樂在義滿的厚待下，一口氣發展起來，少年們的舞蹈表演就此大受歡迎。

死也甘願！戰國武將所行之「眾道」的深厚情誼

即使時代變遷，來到了戰國時代，日本的男色文化依舊盛行於世。總之，那是一個動盪不安、不戰鬥就得賭上性命的時代，長期以來，人們都在緊張狀態下過生活。不僅如此，那還是一個講求團結一致、一體同心，且淨是男人的環境。再加上必須無條件服從、效忠於掌權者，因此，這個時代具備了所有「萌生男色」的絕佳條件。

據說，人在危險環境中或緊張狀態下，就很容易產生戀愛的感覺，而戰場可說是最適合栽培「主君與家臣的男男情愛」的土地。

記錄武士心得的《葉隱》也點出「眾道的精髓是死亡」。誠如這句話所說的，為主君捨命以示忠義正是武士的本願。倘若對方剛好是跟自己有男色關係的「主人樣」，那就沒有比這更開心

江戶時代初期書籍中的插圖。武士與小姓的接吻畫面！
《若眾伽羅之枕》（局部）菱川師宣繪製
日本國際文化研究中心典藏*

武士與小姓圖。若眾用雙手抓住武士的手，模樣惹人憐愛。
《男色大鑑 8卷〔1〕》（局部） 國立國會圖書館典藏*

的事了。

對戰國武將來說，身邊就是要有幾個與自己心心相印的年輕武士，才能顯得自己地位崇高。眾道已經像武道那樣，昇華成一種「道」了。

雖說如此，武士的男色也不全是因為這種環境所造成的。「深受僧侶影響」應該也是一大原因。武家子弟小時候，本來就很常在寺院內接受教育，而且通常到後來，長男的弟弟們都得被送到寺院當僧侶。他們應該都親眼見證過僧侶和稚兒不斷發生關係的實際狀況了吧。因此，他們似乎也不怎麼排斥「獻身給主人」這件事。

武田信玄寫情書替自己的外遇辯解?!

登場人物

武田信玄（1521~1573）戰國時代的武將。甲斐武田家的領主。本名為晴信，信玄為出家後的法號。與鄰國的上杉謙信打了著名的川中島合戰（1561）。

甲斐之虎——武田信玄被譽為戰國最強的武將。這樣的信玄於天文15年（1546年）親筆寫下了一封信。當時的信玄為25歲，寫信的對象則是10幾歲的高坂源助。

其內容大略是，信玄誓不再對另一名少年——彌七郎出手。

「我雖曾用各種方式向彌七郎求愛，試圖約他，但都被他以『現在不方便』為由拒絕了。我是說真的喔。我從來沒跟他上過床。

當然啦，不管是白天或夜晚，我跟他都是一

點關係也沒有。

因為我想親近的人是你，所以我也盡力而為，然而你卻懷疑我，這叫我如何是好呢？請你體諒我啊。」信中的大意就是想表達這些。

而且，信玄為了展現誠意，還慎重起見寫上「此話若有半點虛假，那麼我願受甲斐國一之宮、二之宮、三之宮的大明神懲罰」。

源助究竟是誰？對此，人們眾說紛紜，但最常見的說法就是：名列武田二十四將的家臣——高坂昌信（春日虎綱）。儘管他在川中島

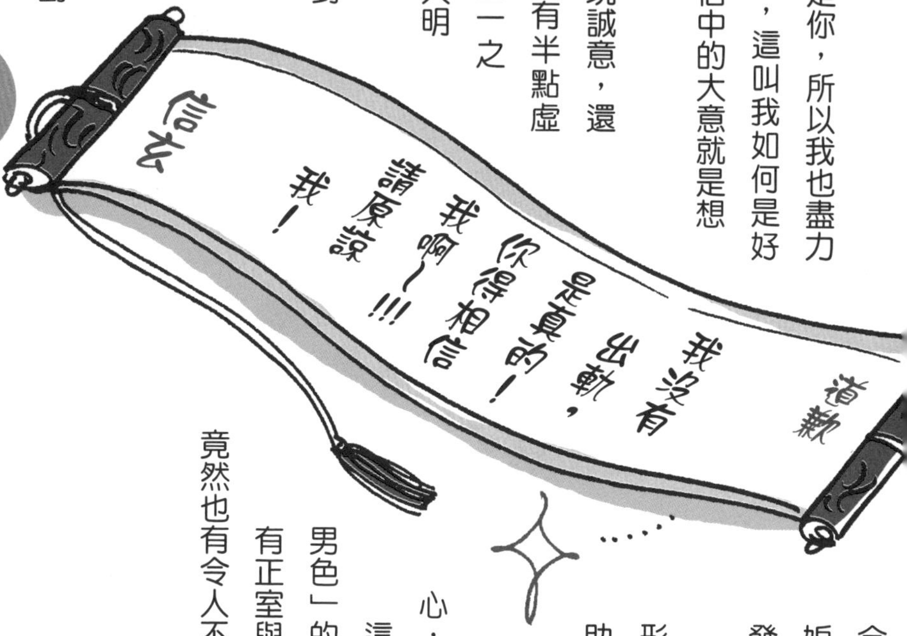

合戰中表現傑出，其他人還是忌妒、抨擊他，說他是藉由與信玄發生關係來取得更高的地位。

無論如何，這兩人都是御屋形樣（主君）與家臣的關係。源助的身分地位應該不高。明明身分相差懸殊，卻想向對方解釋「我是清白的」。信玄的這份心，就跟交往中的情侶一樣認真。

這封信不但是讓人明瞭「武將的男色」的珍貴史料，同時也讓人一窺擁有正室與眾多小妾、子孫滿堂的信玄，竟然也有令人不禁莞爾的一面。

上杉謙信連美男子所設的美人計都看穿了

登場人物

上杉謙信

（1530～1578）越後國的戰國大名。繼承了關東管領「上杉家」。亦有「越後之虎」、「軍神」等別稱，是著名的豪傑。

每個人都知道上杉謙信的信條是「終生單身」。在他的眾多男色誹聞之中，也有一些符合其作風的逸聞。

誠如先前所看到的，戰國時代的武將們並不忌憚男色，大家都公然行之。因此，只要跟主人建立起男色關係，就能比任何人都還親近主人，所以在敵我攻防上，也會有一些帥間諜、美男刺客在暗中活動。

尤其在對付平時不近女色的上杉謙信時，更是需要派出專設「男色版美人計」的刺客。

越後國是謙信的領土，而越後的周圍，則有一群武將展開了地盤爭奪戰，人人都準備伺機而動。越中的神保長職也是其中之一。在這片群雄割據的大海中，神保家就像一艘小船，不斷遭到無情巨浪拍打，因此神保長職決定對他的對手——上杉謙信設下美男計。

長職在一番精挑細選後，挑中一名謀勇兼備的16歲小帥哥——高木左傳次。相傳高木左傳次是東國浪人之子。此任務對他而言，可說是出人頭地的大好機會。為了暗殺謙信，左傳次成功混進上杉家的居城內工作，以便接近謙信。

然而最關鍵的人物——謙信卻完全不理會他。不僅如此，據說謙信早在左傳次甫入上杉家門下時，就已經注意到他的真實身分了。

謙信起疑後，豈止是不讓左傳次接近自己，甚至還交代家臣柿崎景家去「好好盯著他」。

謙信簡簡單單就阻止了左傳次的暗殺計畫。左傳次面對秉持單身理念「生涯不犯」的謙信，連引以自豪的美人計都無法使出。據說他在無奈之餘，走上了「玉碎」之路。

在幕末彙整而成的戰國武將列傳《名將言行錄》中，亦有這麼一段佳話：謙信雖曾命令左傳次「我赦免你，你就回去神保的身邊吧」，但左傳次仍然選擇自盡。而謙信也為左傳次的忠臣義舉感動落淚。

政宗大叔寫給帥哥的真心道歉文！

登場人物 **伊達政宗**

（1567～1636）出羽、奧羽地方的戰國大名。伊達家的當家。仙台藩的初代藩主。年幼時因病導致右眼失明，所以人們亦稱他為「獨眼龍政宗」。

從遊戲到五月人形頭盔，伊達政宗的人氣在戰國武將之中，向來是數一數二。不過，這位英傑也不免俗地想來點「男色」。

我們可以從收錄政宗相關文獻的史料中發現，每當政宗與他所寵愛的少年交往時，就會劃傷自己的手臂或大腿，以證明自己的愛！

政宗曾對某位英俊的男子特別熱情。仙台市博物館內即藏有政宗寫給那位少年的信。

伊達政宗寫這封信時，年紀大約是50歲左右。寫信對象為10幾歲的只野作十郎，是政宗中意的小姓。

有一天，政宗聽到作十郎出軌的謠言，便在宴席上指責他。這可把作十郎氣得半死。他先是拿刀劃傷自己的手臂，以證明自己的清白，然後又寫了一封誓書給政宗。博物館內收藏的書信，正是政宗針對這封誓書所寫的回信。

回信內容大概是：「我聽說你出軌後，便無法克制自己不去試探你的真心，所以才會趁著酒勢說出那種傷人的話。聽說你傷了自己的手臂後，我也心痛到想剁了自己手指，想拿刀刺自己的大腿或手臂，但這麼做的話，以後洗澡時就有可能被小姓看到，然後被說『主人您都老大不小了，還做這種事』之類的……」並且哀求對方諒解他。

雙方的立場明明是主人與小姓，然而帥氣地活了一輩子的政宗，卻因為傷了這名少年的自尊而拚命道歉。這樣的舉動是多麼的純真啊。

跟信長上床的人是蘭丸？不、是前田利家?!

登場人物

織田信長

（1534～1582）戰國時代、安土桃山時代尾張地方的武將。最廣為人知的莫過於他在即將統一天下時，於本能寺之變中遭明智光秀叛變。

織田信長憑著鬼神般的才識與存在感，壓制了戰國群雄。在信長的男色相關軼聞之中，最有名的就屬他與森蘭丸的關係。

森蘭丸的父親——森可成是信長的老家臣。可成戰死後，13歲的蘭丸便開始替信長工作。聰明伶俐的蘭丸在眾多小姓中大放異彩，獲得了信長的厚愛。

最後，森蘭丸與他的主人信長一同命喪本能寺之變，結束了短短的一生。而帥氣小夥子森蘭丸的遺聞軼事，也被編撰成許多戲劇與小說，流傳至後世。

然而，這些故事皆以「傳說」成分居多，男色方面的史實也不盡明確，現在普遍的看法，反而是持否定態度。也許是因為「森蘭丸是非常順從御屋形樣的小姓」，所以才會被變成能引人遐想的最佳題材也說不定。

至於「幾乎確定」跟織田信長有一腿的人，則是加賀藩主——前田利家。

前田利家15歲時，曾當過信長的小姓。加賀藩的史料《利家公御夜話》即記載著，利家是信長的得意門生，還曾睡在信長身邊。在安土城的家臣宴席上也發生了一些事，透露出他倆的關係。城內肯定有目擊者。

儘管有另一種說法指出，利家只是在輪夜班而已，但聽聞此事的家臣們似乎都很羨慕的樣子，而我們也能由此窺見，當時的男色是升官發財的重要手段。

隨著關白・秀次殉死的美少年

登場人物 **豐臣秀次**（1568～1595）戰國時代、安土桃山時代的武將。豐臣秀吉的姊姊的長男。因有叛離秀吉之嫌，被迫出家，最後自盡於高野山。

文祿4年（1595年），28歲的關白豐臣秀次因涉嫌造反，而被流放至高野山隱居，隨後便被命令自裁。豐臣秀次命途多舛，儘管他是豐臣秀吉的外甥，還一度獲得「關白」這個身分地位，終究還是因為秀吉的繼承者——秀賴的誕生，而遭到極度不合理的對待。

豐臣秀次在死期來臨時率先自殺，隨後，他的4個家臣也跟著殉死。其中的3個人是年僅18歲的小帥哥，而他們正是秀次的BL小姓們。

人稱絕世美少年的不破萬作也是其中一人。

連江戶時代的傳說故事集《新著聞集》，都對這個年輕人的帥氣模樣讚譽有加。

不破萬作對秀次的愛與忠誠並非終始不渝，他其實背叛過秀次一次。

曾有個武士，因為實在太愛慕萬作，所以決定上洛，說是要「至少要看看萬作的臉，以完成我的心願」。萬作得知後，很同情他，於是就對秀次謊稱自己肚子痛，然後去見了那位武士，並與他發生關係。他們偷偷地互通書信，約在某座橋下相見，並沉浸在「不該做的事」中。據說周圍飄著只有萬作能用的香味。而另一方面，擔心萬作的秀次派了一位使者前去關心。但使者注意到密會現場的香味，並研判「事有蹊蹺」，於是就睜一隻眼，閉一隻眼了。

而那名武士對此事的執著程度，也讓他在完成心願後滿足地自殺了。

不破萬作在殉死前，邊哭邊向秀次坦白這件事。接著，他就用秀次賜的脇差（小刀）自盡了。有可能是高野山的僧侶在無意中聽到萬作的這番自白，才讓此事傳了下來。

愛情是盲目的！導致國家滅亡的男色〈其1〉

登場人物

蘆名盛隆（1561～1584）統治陸奧的武將。盛隆之死導致蘆名家走向滅亡。

佐竹義重（1547～1612）統治常陸的武將。與北條氏爭奪關東的霸權。

江戶時代的肥前平戶藩主將各國武將的軍功匯集起來，編成《武功雜記》。以下的故事即出自該書。

蘆名盛隆是會津地方的戰國大名，蘆名家的第18代家主。當時正在與常陸國的佐竹家交戰。

然而，身為家主的佐竹義重卻對敵方將領，盛隆的英姿一見傾心。原為敵對關係的兩個家主，竟發展成男色關係。明明還在打仗，這兩人卻情投意合地互送情書，令人百思不得其解。

而更叫人搞不懂的是，事情都已經演變成這樣了，雙方卻還不休戰。據說最後還是靠家臣們

到處奔走，才平息了這場戰爭。

話說回來，佐竹義重當時約30出頭，蘆名盛隆則是生龍活虎的20出頭。兩人會在一起，是因為帥哥意外地可以接納大叔的感情。

有這麼無聊的將領，家臣們也是挺辛苦的。但後來，兩人又做了一些事，好比蘆名家收了義重之子當養子等，兩家的關係也變得更好。

另外，蘆名家的領地也留有史料《新編會津風土記》。這本書中記錄著在這之後盛隆的致命男色關係。

當時有個美少年，名叫大庭三左衛門。盛隆追到三左衛門後，便提拔他，讓他當自己的近侍，但後來，盛隆就對他沒興趣了。三左衛門就此遭到孤立。

這樣的待遇令三左衛門懷恨在心，導致他在天正12年（1584年），於會津黑川城內做出了刺殺盛隆的暴行。

當時，盛隆24歲。他這一死，蘆名家便開始走下坡，最終迎來滅亡的命運。

愛情是盲目的！導致國家滅亡的男色〈其2〉

登場人物

宇喜多直家（1529～1582）統治備前的武將。其子為豐臣政權五大老之一的宇喜多秀家。

穝所元常（生年不詳～1561，有諸說）備前國松田氏手下的戰國武將，要衝・龍口城的城主。

宇喜多直家是統治中國地方（現今的岡山縣以及四國部分地區）的武將。

不過，此人最出名的，就是他能為了出人頭地而無所不用其極，政治結婚、毒殺、「下克上」推翻主君，樣樣都來。

江戶時代中期

的逸聞集《常山紀談》就記載著一則傳說，描述直家為了取勝而不擇手段，精心策劃了一段逼真的陰謀。

直家的目標是備前松田家的家臣——穝所元常。

所元常的居城——龍口城座落在難以攻陷的地形上，因此直家認為正面開戰恐有危險。後來，直家接獲「元常喜歡英俊少年」的情報，便立即決定執行男色美人計。

負責施美人計的人是16歲的岡某某。直家並不是直接派這位美少年前去接近元常，而是巧妙地安排他去須須木家工作（因為須須木家與元常共侍同一主）。

結果，少年完全沒有遭到懷疑，不但成功潛入元常的居城，還充分運用了他的美貌，將元常迷得神魂顛倒。

於是，元常與少年單獨過夜了。

毫無防備的元常，就這樣在睡夢中被斬首了。不用說也知道，大將被取了首級後，直家的軍隊就一舉攻過來了。

不是玩玩，而是認真交往。何謂「念者」？

「教えけり手の師匠なり念者なり。」

這是江戶時代的少年所吟詠的川柳。意思是說，我的書法老師是「念者」。這裡的「念者」，其實就是「眾道」的關鍵字。

眾道從戰國時代傳承至江戶時代後，發展至足以締結「念契」的程度。這是一種幾乎能教人同生共死的強烈契約，換句話說就是認真交往的男色。締結此契約的對象，稱作「念友」，且雙方會互稱兄弟，各有各的立場。通常，當大哥的人又稱作「念者」或「念人」。當小弟的人則稱作「若眾」。「若眾」原本是指年輕人，但是此時已經變成專指眾道關係中當小弟的人了。

要說當小弟的人都在做些什麼事，那就是當個完全的「受」，負責提供屁股給大哥。忍受那樣的痛苦，才能證明自己對念者的愛。

另一方面，念者則是徹頭徹尾的「攻」。念者享受小弟帶來的快感，也會體諒他的痛苦（也有可能是快樂），並加深對他的責任與愛。據說

大哥與留有前髮（瀏海）的小弟親密地趴在一起。
出自江戶時代初期的假名草子《色物語》*

這是崇高的精神交流，是一種攻受立場不會輕易對調，且無法簡單以S、M來比喻的境界。

也就是說，若進一步解讀開頭的川柳「老師是我的大哥，他教了我很多東西」，就會發現少年是很自豪地講出他與老師之間的BL關係。

而實際上，據說連父母都會認可自己兒子的念契對象。針對色道而寫的《風流比翼鳥》（江戶時代，寶永4年・1707年）也記載著這樣的事——14歲的少年向神佛祈求「希望自己也能交到念者」。

念者與若眾的牽絆，看起來就像大名與小姓、僧侶與稚兒的上下關係，但其實是不一樣的。念者是若眾成年前的庇護者，有時也負責決定若眾的成年時間。雖然不曉得他們會不會講「我可不是玩玩的」，但即便不再有肉體關係，講求精神契合的「念契」也不會就此中斷。

因為對少年們來說，為他們帶來未知體驗的念者，永遠都是「自己所仰慕的大哥哥」。

打算在念者墓前舉刀自盡的若眾。可見眾道的心靈牽絆有多深！

《男色木芽漬 6 卷.〔2〕》（局部）
國立國會圖書館典藏*

妖豔的男子歌舞伎人氣暴漲！

歌舞伎起源於慶長8年（1603年）。有一位名叫出雲阿國的女性，穿著奇特的裝束，在京都五條與北野神社表演舞蹈。

這件事轉眼引爆話題，一些類似「前偶像」的遊女們（妓女）便開始以「女歌舞伎」的名義模仿之，同時也扮演起男角。

然而，由於演出內容涉及情色，舞蹈也太過性感，所以後來就因為風紀問題而遭到禁演。結果，這回變成「若眾歌舞伎」崛起了。此「若眾」跟之前介紹過的「眾道的小弟」不一樣，這裡就是

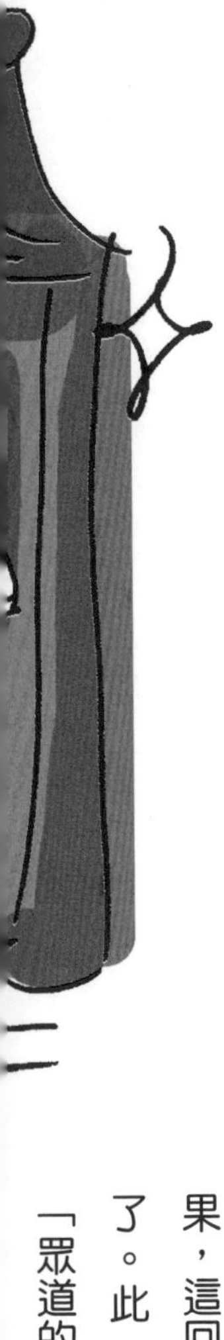

指「年輕人」而已。這些少男演員也會飾演女角，發揮他們的中性魅力。於是，這種表演再度引爆流行，連第3代將軍德川家光都無法抵擋，還曾讓若眾歌舞伎在江戶城內演出。

原為武家表演藝術的「能」亦沒有女演員，因此，大眾似乎也不覺得若眾歌舞伎有什麼問題，但據說，初期的戲碼還是以色情、BL題材居多。而這些符合戲中角色，非小孩，亦非大人的「若眾」，也就昇華成「能讓大叔們感『性』趣的青年」的代名詞了。

觀眾們最愛看的人物，就是被稱作「太夫」的女形演員。我們可以將年輕男演員扮演的女形，想像成現代的男版寶塚。中性之美具有獨特的魅力。演員們為了磨練自己的演技，除了在日常生活中扮女性之外，還會在私生活中賣身，接待男性客人。對演員們來說，這不過是開創副業，賺賺零用錢罷了。不過，這個副業並不是女形演員的特權，而是大家都參一腳。

據說演員們為了賺零用錢，會隨時備好所謂的潤滑劑，等到需要提供屁股時，才能舒緩疼痛感。

「通和散」是若眾們隨身攜帶的男色者必備小物。這是某種葵的根部經乾燥、研磨而製成的粉末。粉末一溶於水即產生黏糊感，因此要做時，只需以口水弄濕，就可以用手指沾取、塗在需要的部位上。

但也因為他們做這種副業，所以演員周

寫有「野郎」字樣的圖。大概是剃掉前髮的演員。另一個人正在幫他綁頭髮。《好色訓蒙圖彙》（局部）吉田半兵衛繪製　國際日本文化研究中心典藏*

有前髮的若眾。圖中寫有「若眾美少年」的字樣。
《好色訓蒙圖彙》（局部）
吉田半兵衛繪製　國際日本文化研究中心典藏*

遭常常發生戀愛騷動。幕府為了處理這燙手山芋，便於承應元年（１６５２年）禁止若眾歌舞伎表演。

若眾們則抓準時機上演苦肉計，剃掉前髮（即瀏海），讓自己的外觀變成成年男性，然後再揭開「野郎歌舞伎」的序幕。而且演員們只是少了前髮而已，其他根本沒變，因此，演員和觀眾都覺得：說到男人，果然還是少不了一場接著一場的ＢＬ戲，而且還要數種戲碼輪番上演。即便如此，觀眾們依舊是忙著對若眾們品頭論足，所以一點也不嫌膩。總之，實際的情況就是：這是專為「下戲後賣春」設計的攬客秀。

江戶流行起男子歌舞伎的原因

進入城下町相當繁榮的江戶時代後，武士與老百姓開始在同一座城市內交流彼此的文化，於是，敏感的市民們注意到武家的眾道。

尤其在江戶時代初期，因為有許多勞動者湧進城市，所以愈像都市的地方，愈具備發展男色的條件。

更何況，連江戶中期的１７３０年代都有男女比例失衡問題了。當時，江戶的男女比例為１７０人比１００人。江戶人便以寬容、積極的心態去接受男色文化，甚至稱之為「武士之花／娛樂」。

但是，這個時代的男色並不像武家眾道那樣重視心靈契合，相反的，它反映出濃厚的江戶氣息，豪爽又果斷。把若眾歌舞伎、野郎歌舞伎的演員包下來，可以說是最適合這種「輕鬆向ＢＬ」的做法吧。

據說有些人在看戲時，會讚嘆演員是「御天道樣（太陽）」，並且興奮到快暈過去。他們初期的客層以「武士、僧侶」為主，到了貞享・元祿年間（１６８４～１７０４年）則變成以「有財力的市民」居多。

從江戶時代初期開始，就有人製作專供大人玩賞的「若眾人偶」，而這也說明了若眾是多麼受歡迎。商人的野心無遠弗屆，連男色都能商品化。
《還魂紙料 2 卷》（局部）
國立國會圖書館典藏*

少年們的標誌，「前髮」的身分地位

日本自古以來就有「元服」這個儀式。行元服禮後，便是獨當一面的大人了。無論是髮型或穿著，都自這一天起加入成人的行列。

元服禮於13歲至17歲之間個別舉行，舉行的時間則由父母或主君決定。元服前的少年會留前髮，而頭頂則跟大人一樣，都是剃光的。這是一種將前髮梳起、往後綁，使額頭露出來的髮型。

世人也直接用「前髮」來稱呼這些尚未剃前髮的未成年男子，並把他們視作「男男情愛的對象」來加以讚賞。

江戶時代初期，歌舞伎作為庶民娛樂，迅速

地滲透到社會中。當「若眾歌舞伎」有瀏海的演員們，開始用身體當作搞副業的本錢後，前髮這種髮型的地位也就水漲船高。而且不只年輕演員，連留有前髮的普通年輕人的身價都急速攀升，備受讚賞。

甚至是在承應元年（1652年）禁演若眾歌舞伎後，也絲毫不減世人對前髮造型的狂熱程度，搞得幕府還得像學校檢查頭髮長度那樣，定期出馬檢查前髮，以免有人違反禁令。

不過，只有站在舞台上表演的歌舞伎演員被禁止留「有前髮的髮型」，還在當學徒的實習演員及一般青年則不受此限，因此到後來，連不是演員的「小前髮們」都開始做起男娼生意，利用前髮的身分下海撈錢了。

《男色比翼鳥 6 卷.〔6〕》（局部）　國立國會圖書館典藏*

連松尾芭蕉都拿「小前髮們」的魅力來造句

登場人物 **松尾芭蕉**

（1644～1694）江戶時代前期・中期的俳句詩人。伊賀出身。曾雲遊四方創作俳句，並留有遊記。代表作為《奧之細道》。

「前髮もまだ若草の匂ひかな。」

這是日本最具代表性的俳句詩人——松尾芭蕉所作的俳句，意思是「前髮散發著春天嫩草的氣息」。其實，芭蕉也會作一些與男色有關的俳句。我們可以從他留下的遊記中，推測出他與好幾位弟子有男色關係。

芭蕉的旅程是從伊賀出發，途中經過京都，最後抵達江戶。有個說法指出，芭蕉離鄉前與藤堂良忠有男色關係。藤堂良忠是芭蕉在家鄉服侍的「侍大將」，也是教芭蕉創作俳句的人。

兩人的立場雖是主人與家臣，但他們透過俳句建立起深厚的「情誼」。不料良忠英年早逝，芭蕉便在他死後離開了藤堂家。

到了江戶後，芭蕉的男色關係也是不時浮現。貞享4年（1687年），43歲的芭蕉從江戶出發前往兵庫縣的明石市，並為這趟旅行寫下遊記《笈之小文》。而這本遊記也透露出芭蕉與同行的弟子——坪井杜國之間，有著非比尋常的關係。

他曾在旅途中說過：「旅途中無聊時，兩人就聊天解悶」，也曾讓杜國扮成童子的模樣。而且，杜國也會在旅途中自稱「萬菊丸」。在男色的世界裡，「菊花」就是用來暗指肛門的術語，因此怎麼看都很可疑。

他們去旅行時，芭蕉為43歲，杜國則是30歲左右。後來杜國回到故鄉，並於幾年後病死。

杜國死後，芭蕉在《嵯峨日記》寫道，「曾經一同睡覺，一同起床」的已逝心愛弟子出現在夢裡，令他不禁悲從中來。

《芭蕉肖像真蹟》、《男色子鑑 5 卷》
（局部）* 皆為國立國會圖書館典藏

歌舞伎演員的「色子」、「飛子」、「陰子」是什麼？

《好色一代男卷2》（局部） 國立國會圖書館典藏*

《好色一代男》的其中一幕。好色的主角找到飛子們悄悄入住的旅館，所以在竊笑。

若眾歌舞伎圈內的少年們，有著各式各樣的等級與稱號。在預備成為演員的實習生之中，尚未熟練的人叫做「新部子」，以登台表演為主的演員叫「本子」，剛開始登台演出的新手演員叫「舞台子」；然後，雖可登台，卻還不能獨當一面的演員，則稱作「色子」。

另外，無法成為舞台子的人也有各式各樣的稱呼，好比「陰間」有「處於陰影處之人」的意思，「陰子」是指學習女形的人，「飛子」則是指被派往各地巡迴、磨練技藝的人。這是一種走遍全國賣春的苦差事，艱辛程度有如武者的修行。

描述百姓情色生活的《好色訓蒙圖彙》（貞享3年・1686年）也感嘆著：有時，飛子不得不與有口臭的客人接吻，不然就是肛門被又粗又硬的陰莖大力頂到痛得不得了等。

雖然稱謂繁多，但主要還是分成「有上台表演的」與「沒上台表演的」兩大類。而不管是哪一種，都是在販賣年輕的肉體。

「想成為歌舞伎演員，就得先找到支援自己的客人，也就是贊助人！」因此，他們下了舞台後也會為了在酒席上討好贊助者，而拚命、積極地提供男色服務。這即是其中的運作原理，就像酒店小姐在上班前或下班後也會跟客人約會一樣。成為若眾歌舞伎明星的路程，就是提供男色服務。

舞台本身就跟吉原讓客人挑選遊女的地方（張見世）差不多，是個供客人評選的場所。

女形在下戲後的酒席上提供「加碼」服務。男人的手伸向女形……。
《江戶自慢三十六興 猿若街顏見》
廣重、豐國繪製（局部）
國立國會圖書館典藏

男色比女色還要尊貴?!

眾道是由傳統武家社會一手「調教」出來的。一直以來，平民男子也都有參戰。至少在江戶時代初期以前，走此道的男子們都還是比較重視心靈上的契合，而不是肉體上的關係。因此，他們似乎都有「比起一般男女關係，我們這種比較高尚」的特殊心態。

實際上，寬永至寶永年間（1624～1711年）也出版了好幾本以「男色與女色，何者較高貴?」為主題的書刊。

其中，根據《田夫物語》（寬永時期1624～1644年）的記載，男色支持者會強調：「朝廷、高僧等上流社會高貴人物所喜愛的男色，才是較高尚的一方吧。」同時，書中也披露了這樣的價值觀：「男色跟女色不一樣。不管怎麼說，男色可是應登峰造極的道──『眾道』啊。」

歌舞伎中也出現那種，在手臂上寫什麼「不觸女

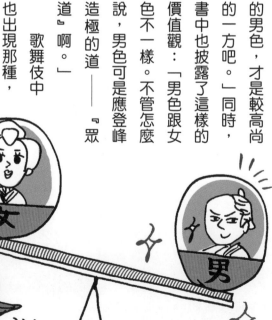

肌」的人物，若眾們基本上也都也擺出「我們討厭女人」的態度。如果需要收下女粉絲拋的媚眼的話，有些人甚至會去洗眼睛。

還有，寶曆時期（1751～1764年）的洒落本《男倡新宗玄玄經》也列出好幾項男色的優點。其中一項為「不會像遊女那樣死皮賴臉地要錢，也不會在上床前吸著煙管拖時間」。

甚至還這樣讚美男色：「若眾與遊女不同。若見面十個晚上，那麼當中的五天應該要坐在房間裡純聊天。真心深愛對方的話，自然就能做到這一點，而且一見面就做愛實在太下流了。」男色對老百姓來說，似乎是一種自我滿足度很高的愛情。

陰間

《眾道物語 2 卷》（局部）　國立國會圖書館典藏*

日本的男色文化發展至江戶時代・延享～寶曆年間（1744～1764年）的「陰間」時，便達到該文化的全盛期，由檯面下晉升到檯面上。一起來看看陰間與陰間茶屋的全貌吧！

到了江戶時代中期，男色boys被世人統稱作「陰間」。

「陰間」原本是指，不登台表演的若眾歌舞伎演員學徒。因為他們都待在舞台兩側的「陰之間」。

有些演員學徒會把賣春當副業，也有人會乾脆放棄當演員，繼續做賣春生意。因此在不知不覺間，人們的用字習慣也變成了「男妓＝陰間」。

連透過若眾歌舞伎來販賣肉體的「若眾」、「前髮」們，也被統稱為「陰間」。

販賣輕鬆兼職愛情的陰間性愛產業，在江戶子弟果斷豪邁性格的推波助瀾下，便順利地取得民權。因為市民們也想花錢購買

THE

正在服務寡婦的若眾。《馬鹿本草》（局部）　國際日本文化研究中心典藏*

深受武士們喜愛的男色。

陰間們的巔峰期很短，通常是做到25歲左右就退休了。不過，似乎也有到了40歲還繼續穿著「振袖」服務雇主的熟男陰間。此外，也有人在20幾、30幾歲開始走下坡之後，就改當服務寡婦、「奧女中」等女性客人的男妓，繼續做他的老本行。

陰間就這樣名正言順地變成大眾文化。

男性專用的兼職情人大集合！新產業「陰間茶屋」現身！

隨著天下太平的江戶時代到來，男人們再也不用做出賭上性命的約定了。「想要那種能讓我痛快發洩一下的愛情！」這樣的潛在需求也變多了。後來因應此需求而生的，就是男性的賣春場所，即「陰間茶屋」。

遊女屋（妓院）會先讓店裡的遊女學習技藝與性技。茶屋也一樣。他們也會對少年們進行專業訓練。

等到14、15歲時，就可以開始接客，而當演員的，也可以出道了。順利當上大明星的話，店裡就會生意興隆。

並不是所有的陰間都住在茶屋內，好比實習中的少年們就住在名叫「子供屋」的置屋內。而演員預備軍當中，也有人是在太夫（女形演員）底下工作，所以只會在有客人指名的時候才前往茶屋。

茶屋主要位在盛行若眾歌舞伎的歌舞伎小屋附近，其他諸如寺院、神社前也能見到茶屋的蹤影。天明年間（1781～1789年）是陰間茶屋的全盛期，在茶屋較密集的區域，除了能看到店員在攬客之外，還能看到正在物色茶屋、猶豫著要去哪間店的買春客。在來來往往的人群之中，甚至有若無其事地前來購買男色的寡婦。這其實就有點像現今新宿二丁目一帶的光景。

據說，有陰間的茶屋，會在外頭點燈籠，並在燈籠上寫下雇用了誰，以及那位陰間有何特徵，例如：皮膚白、腰很細之類的。

慢慢去習慣?!
陰間的出道過程

陰間茶屋為了讓雇來的少年們成為一流男娼，所以會對他們進行斯巴達教育。從少年們對客人的寫信方式，到宴會上的飲酒禮儀、聊天時如何炒熱氣氛、義太夫節（淨琉璃的一種）、三味線、鼓、舞蹈等都會教。就像培育遊女一樣，茶屋也會讓少年們徹底學習基本教養與才藝，以及如何吸引客人。據說，如果店裡有「以中性魅力為賣點」的少年，就會想辦法盡量延遲其變聲時間，而且，當時的人不知道為何會認為，最有效的方式就是自慰。

但不管怎麼說，陰間的工作都是用屁股來取悅男性顧客。陰間們每天都得被茶屋的主人或某

《男色山路露》（局部）西川祐信繪製
國際日本文化研究中心*

《浮世續》（局部）
菱川派繪製
國立國會圖書館典藏*

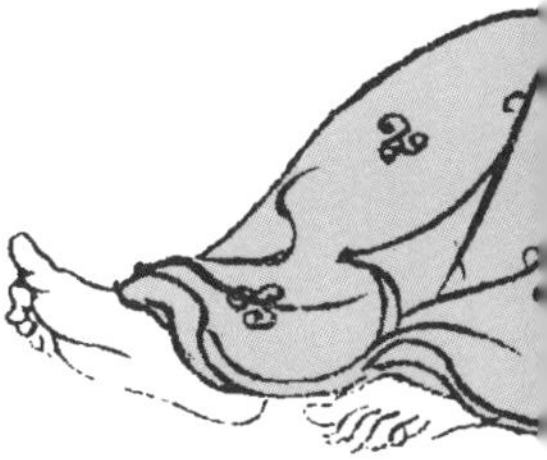

《男色山路露》（局部）西川祐信繪製
國際日本文化研究中心*

人，用手指或棒子插肛門，也就是被迫做「苦行」。

而且，連插入真正的陰莖也得花上一段時日。第一天得先替陰間的肛門，以及插入者的陰莖塗上潤滑劑，然後讓兩人稍微接觸一下；第二天只能插進前端；第三天插進一半……。總之非常慎重。

遊女第一次「正式上場」接客，稱做「水揚」，而相對的，陰間的首次接客稱做「糞揚」。很多客人都會因為太過興奮而硬插，因此，首次接客對陰間與茶屋來說，似乎都是一場大騷動。

因為有這方面的考量，所以不少茶屋都會委託可以信賴的常客，去當陰間們的初體驗對象。

在陰間茶屋玩1、2個小時的費用相當於62碗蕎麥麵?!

《浮世繪》（局部）
菱川派繪製
國立國會圖書館典藏*

芳町（現在的千代田區日本橋人形町附近）是江戶之中數一數二的陰間茶屋區。根據平賀源內的《男色細見》記載，1700年代中期的訂價大致如下。

基本遊玩時間為一切（約1個小時），收1分錢（約2萬日圓）。二切（約2個小時）收1分2朱（約3萬日圓。1分為1000文。1文相當於20日圓）。當時，一碗蕎麥麵的價格為16文，相當於現在的320日圓。也就是說，光是玩1～2個小時，就會花掉62．5碗蕎麥麵的錢。

再來，包半天的話，是1兩1分，約10萬日圓。包一整天則要價2兩2分，也就是高達20萬日圓。這對當時的庶民來說，簡直是高不可攀。順帶一提，據說源內居然一連住了好幾天。

另外，在1680年代的京都，普通的演員男娼的定價是銀43匁，高等男娼的訂價則是銀129匁。當時，即使是江戶的吉原太夫，也只到銀130匁。而京都的大遊廓「島原」即便跟吉原旗鼓相當，裡頭最高階的遊女也只到58匁。銀1匁大約等於90～100文，如此算來，光是普通的男娼就要7萬日圓。嫖男妓可說是相當奢侈的娛樂。

畢竟在江戶時代初期以前，人們都覺得「男色的地位高於女色」，因此我們也可以從價格上看出端倪。

那些被標上天價的男娼，大多都是京都或大坂出身的帥哥。他們不但用字遣詞高雅，身段也是最高水準。如果是一般茶屋的男娼，就沒有那麼昂貴了。但即便如此也不會便宜到哪去。

《新吉原江戶町二丁目稻本屋內小稻》（局部）
香蝶樓國貞繪製　國立國會圖書館典藏

到線香燃盡為止！陰間的PLAY策略與技巧

通常，找陰間的方式是：直接去雇有陰間的茶屋，然後在所屬的陰間當中，挑一名自己喜歡的。用這種方式買春時，除非客人選的是要過夜的「仕舞」方案，不然基本上都是採用以時計費。在那個沒有時鐘的年代，茶屋得在收銀區插線香，充當計時器。雖然線香的粗細長短不盡相同，但燒完1炷香的時間大約是1小時。據說待客人辦事辦到線香燃盡時，店員就會說：「我來迎接您了」，以通知客人時間到。

「久しぶり芳町で後家五本立て。」

這句話的意思是，寡婦（後家）在芳町的陰間茶屋內使用了5炷香，大大方方地玩了半日以上。

而「能否在線香燃盡前讓客人感到滿足」就是這一行的決勝關鍵了。

有時為了賺錢，也會一天接待好幾個客人。話雖如此，若

一整天被激烈地插好幾次，肛門也會受不了。因此，陰間會利用大腿內側或嘴巴來取悅客人，技巧性地讓事情發展成「咦？都還沒插進去就結束了？」

另外，最普通的體位是後入體位，但也有喜歡正常位或騎乘位的常客。

作為陰間的最高境界就是，即使被插入時多少會感到不舒服（但說不定也有人很喜歡這種感覺），也得告訴客人「我也好舒服」，完全不露出不舒服的樣子。

接客時，當然是完全無法去廁所。據說遇到不喜歡的客人時，也無法像遊女那樣中途離席。

陰間茶屋。左側的收銀區立著好幾炷計時用的線香。
《男色山路露》（局部）西川祐信繪製
國際日本文化研究中心典藏*

這就是陰間的工作。正式上場的時候都在幹嘛？

接下來，讓我們仔細瞧瞧陰間在接到客人之後，都是如何工作的吧。

作為一名帥氣的陰間，一定要先把自己的屁股清理乾淨。

異物進入肛門後會帶來刺激，使人產生便意，要是在接客時想大便，那可就不妙了。因此，事先排便乃是必備條件。還有，如果肛門裡有殘便，就會弄髒客人的陰莖，因此，上工前得先用自己的手指插進去清一清。

面對沒經驗的客人時，由自己去引導客人才是專業的做法。先請客人進棉被，再一面聊天，

正在享受陰間的僧侶。邊插，手還邊弄陰間的那根。
《春色戀之手料理》（局部）歌川國貞繪製　國際日本文化教育中心典藏

一面若無其事地把玩客人的陰莖，營造氣氛。等氣氛對了就接吻。到了差不多可以開始做的時候，便主動背對客人，獻出屁股。

此外，據說在性交過程中，陰間也會讓客人摸自己的陰莖，不然就是自己來。其實就跟現在的風月場所差不多。

據說陰間所面臨的最大難題，就是又長又硬的陰莖。如何盡量減少插入時間，則考驗著他們的技術。根據《諸遊芥子鹿子》（寶永7年·1710年）裡的《野郎絹篩》記載，最重要的就是：在進棉被摸到客人那根的瞬間，就要做出判斷。另外書中還寫著：就算那根再大，只要讓它軟掉、不再讓它站起來，就沒什麼好怕的。

客人此時的心得則是：「因為跟女性的那邊不一樣，所以不能插得太深。其實彼此的雙手就很夠用了，所以要好好的塗上唾液（當作潤滑劑）再做。」《枕文庫》（文政6年·1823年）裡頭也有這種互相體諒的內容。而且還建議，如果不痛的話，就可以「一起射」，創造理想的高潮。

光是這些技巧被寫成書出版問世，就證明了男色曾經是多麼通俗的文化。

在茶屋裡，陰間所使用的棉被是由陰間的跟班來搬運。圖中正在爬樓梯的人是陰間。
《繪本吾妻抉》（局部）
國立國會圖書館典藏*

表面上是鞋童?!
經紀人是負責照顧男色的教練

陰間大多都是十幾歲的青少年。每當他們外出工作時，就會有一位大人陪在身邊。

有客人請陰間出差的話，那名負責拿草鞋的成年男子，就會在路上幫忙撐傘、幫忙揹「外帶寢具」，或是提著燈籠走在前面。

此人物是陰間的隨從，從陰間的衣服、頭髮、化妝，到生活大小事，都是由他來打點。但他其實是負責管理工作的經紀人。

經紀人的任務是培育陰間，使他們能夠獨當一面。京都一帶稱之為「金剛」，江戶則稱之為

「まわし（MAWASHI）」。

記錄陰間自白的《野郎絹飾》有寫到，嫖客們其實也很清楚這些事，他們都知道：要是惹惱了經紀人，經紀人就會隨便找幾個理由來縮短PLAY時間之類的，一點好處都沒有。因此跟經紀人講話時，都會很有禮貌。

據說這些經紀人會把陰間照顧得無微不至，好比在夜深時，幫陰間做一碗茶泡飯當宵夜，或是先用自己的體溫幫陰間把小袖（內衣）暖一暖，再拿給他穿之類的。甚至還有人是陰間鍛鍊屁股時的「初體驗對象」。

因此，陰間與經紀人自然會心靈相通。據說當中也有不少人，發展出超越了信賴關係的男色關係。

陰間對茶屋或老闆而言，是珍貴的生財工具。照理說，茶屋應該會禁止陰間和經紀人談戀愛，但這已然是公開的祕密，大家都有默契了。感覺就像現代的偶像與經紀人之間有可能發生的事。

經紀人與陰間在前往茶屋的路上。
《江戶男色細見》（局部）　國立國會圖書館典藏

來自平賀源內的實態調查報告
江戶陰間茶屋的間數與人數

平賀源內是江戶時代中期的發明家，他既是蘭學家，也曾以文化人的身分寫過不少書。其實，他也是非常出名的男色愛好者。

平賀源內參照吉原遊廓的導覽書《吉原細見》，寫了一本陰間情報書，叫做《男色細見》（安永4年．1775年）。書中不但寫有江戶各地的陰間茶屋數量，甚至還有陰間的人數。

根據這些數據顯示，芳町的陰間茶屋，雇用了許多無法成為歌舞伎演員「舞台子」的少年們，而大部分的茶屋最多會雇用7～9人。當時的芳町總共有67名陰間。

另外，在明和．安永年間（1764～1781年）的堺町、葺屋町內，共有15間茶屋、43名陰間，當中亦有不少雇有舞台子的高級陰間茶屋。我們可透過源內的這些紀錄得知，光是在江戶，檯面上的陰間就有232人。

前面也說過，「以市民為主的男色」的全盛期是延享～寶曆年間（1744～1764年），因此，平賀源內的調查報告，恰好是茶屋文化剛過完巔峰時的資料。

然而，約莫40年後，陰間茶屋就已所剩無幾

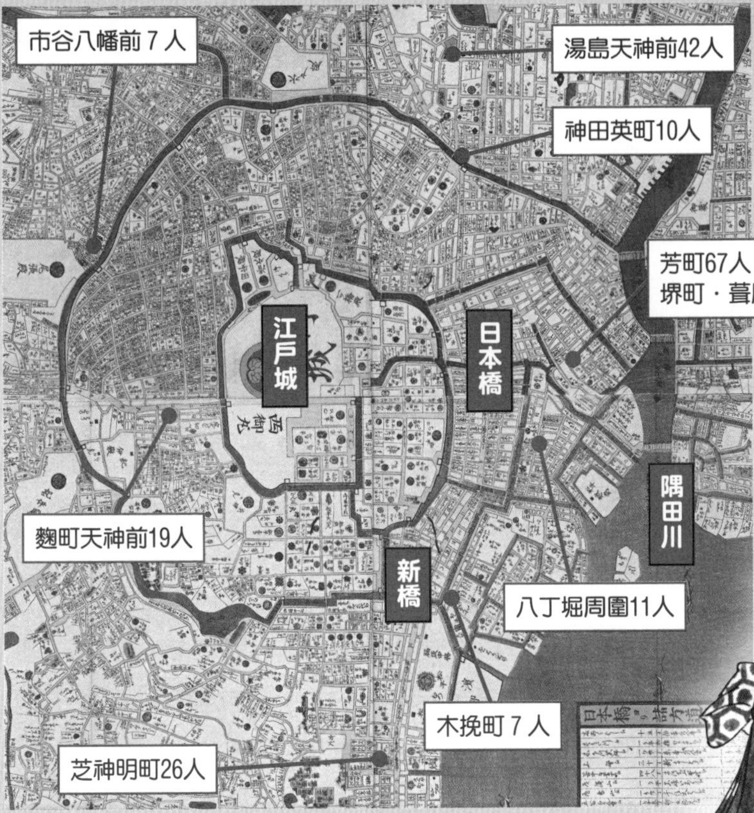

安永４年所記錄的陰間人數。陰間茶屋大多都座落在江戶郊外。
《寶永御江戶繪圖》（局部）　國立國會圖書館典藏

怎麼看都是女性，但其實是陰間。
《隱閭２冊》（局部）
國立國會圖書館典藏

（《塵塚談》文化11年・1814年），陰間也只剩約25人。簡直是毀滅性的衰退。

之後到了幕末的天保年間（1830～1844年）時，江戶的陰間人數已降至巔峰時期的一成，只剩湯島天神、芳町、芝、八丁堀這4個地方還找得到陰間。

「都市內的女性人口增加」、「以店員或一般年輕人為對象的BL滲透到庶民層」似乎都是導致茶屋銳減的原因。

兼職愛情近一點才有效率
與歌舞伎關係匪淺的男色

根據平賀源內的《男色細見 三之朝》（1768年）記載，江戶市內的陰間茶屋，大多都集中在現在的堺町、葺屋町、芳町（全部都是現在的千代田區日本橋人形町），以及木挽町（中央區銀座）一帶。

理由很簡單，因為這些地區都與歌舞伎有關。

江戶共有4間經幕府正式許可演出的戲劇小屋，而當時的歌舞伎界，主要就是由這4間劇院來領導。它們分別是中村座、市村座、森田座以及山村座。中村座位在堺町，市村座位在葺屋町，森田座與山村座位在木挽町，這幾個地方亦被稱作「芝居町」（意為戲劇小鎮）。

芝居町內不只有劇院，包含演員、幕後人員在內的戲劇相關人員也都住在那兒。

這代表，不管是歌舞伎演員，或是尚未出道卻也在賣春的「舞台子」、「色子」等，全都聚集於此。因此，陰間茶屋也在芝居町內蔓延、擴大，最後還湧進鄰近的芳町。

芳町是吉原搬遷前的所在地，也就是所謂的紅燈區。這是最適合陰間茶屋發展的地方。

許多流連芳町的嫖客都是僧侶。僧侶犯女色乃是重罪，但是在芳町就不用在意世人的眼光了。實際上還有這麼一句川柳。

「心中に和尚陰間の穴を舐め。」

向對方表達自己的一片真心，就叫做「心中立て」，其對象可以是男女戀人，也可以是遊女等。所以這句川柳的意思就是：僧侶舔了陰間的肛門，彷彿是想對陰間說「我可是真心的喔」。

另一方面，陰間似乎也有其苦衷。許多史料都記載著，「提供屁股」這件事對陰間來說，在一開始可是非常痛苦的事。但有時候聽到客人的喘息聲之後，陰間自己也會不由自主勃起。結果，客人就誤以為陰間也很開心，問說：「舒服嗎？」陰間也只好回答「是」了。可笑的是，客人聽到這樣就滿足了。大家應該也能猜到陰間作何感想吧。

芳町緊挨著歌舞伎小屋。
《江戶名所圖會 卷 1》、《助六　揚卷之助六・髭之意休》、《男色大鑑 8 卷.〔2〕》*皆為局部，國立國會圖書館典藏

大街上也有！坎普弗爾也曾記錄過的各地男色外派服務

平賀源內針對男娼所做的調查，並不只侷限於江戶。

之前提到的《男色細見 三之朝》這本書中即記錄著，包含江戶在內的三都共有多少男娼。「京都（宮川町）85人，大坂（道頓堀）49人。」這幾個城鎮的共通點就是各個都是芝居町。

就跟先前介紹過的江戶芳町一樣，其他地區的陰間與演員也是表裡一體。

有趣的是，大坂、京都的陰間茶屋並不會在有陰間的地方攬客。這裡的作風是提供「陰間出差服務」。

不是客人自己去雇有陰間的陰間茶屋內消費，而是客人叫陰間前來幽會的場所。這種類似應召男妓的陰間又稱作「出野郎」。

其實除了這些之外，還有一大堆沒有被記錄下來的陰間。

在三都之外的地區，好比在名古屋、仙台、廣島、駿府等地的城下町，或街道沿途的宿場町內，似乎也很流行陰間文化。

在東海道興津附近的宿場町內，沿途都有美少年們站在店外，招攬著路過此地的富有旅客。

而這樣的光景也被記錄下來了。

記錄者是名叫恩格爾貝特·坎普弗爾（Engelbert Kaempfer）的德國人。他當時正在跟荷蘭的使節團一起旅行。

坎普弗爾於元祿3年（1690年）抵達日本，亦曾晉見當時的第5代將軍——德川綱吉。

坎普弗爾所看到的日本，恰好是男色文化的全盛時期。他參觀了日本的街道後，得知了那些賣軟膏或其他東西的少年們，其實是掛羊頭賣狗肉的男娼。令坎普弗爾感到驚愕的是，連平常面無表情的官員都露出興奮的模樣，沉浸在與少年的性愛中，還因此讓一行人等了30分鐘。

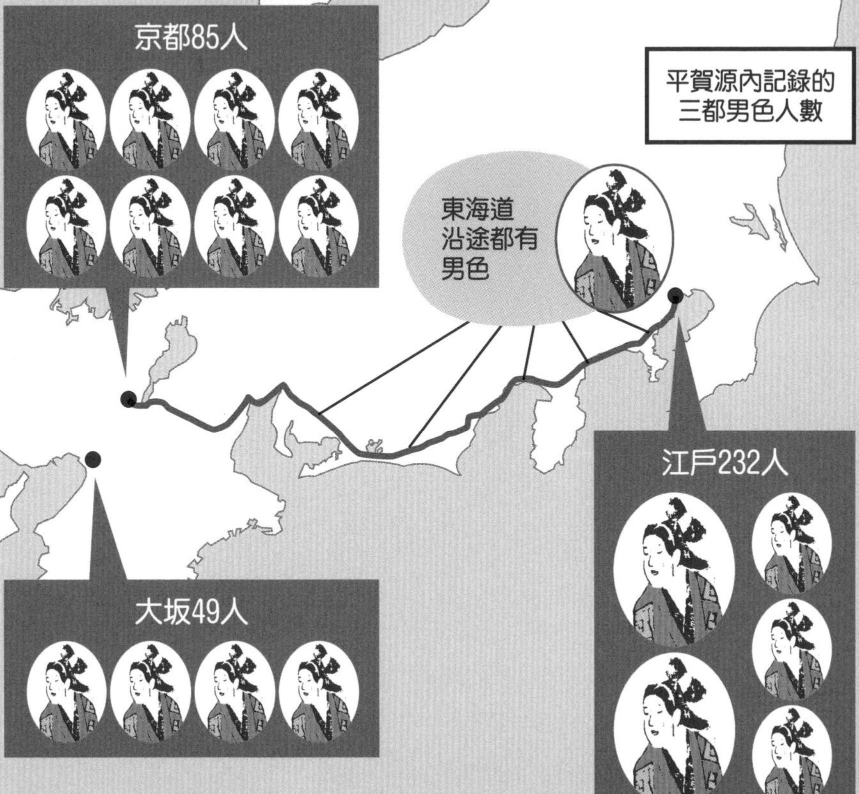

《男色大鑑 8 卷.〔 2 〕》（局部）　國立國會圖書館典藏*

掃墓回程順道去陰間茶屋……令人意外的好色常客們

守寡的市民、在武家宅第裡工作的御殿女中（侍女）……。其實，陰間茶屋的客人不只有男人。而且，就連在江戶城大奧（後宮）工作的奧女中們，也是陰間茶屋的常客。

她們的共通點就是缺乏男人。想抒發壓力時，就找花錢買來的愛情，這樣也比較不會有什麼後遺症，是個相當適合她們的選擇。

「芳町は女の声の低い所。」

去光顧陰間茶屋的女性會在意旁人的

乍看下是男女情侶，但男方其實是成年後剃了瀏海的陰間。
《番枕陸之翠（艷美珍畫／番枕陸之翠）》（局部）
勝川春章繪製　國際日本文化研究中心典藏*

眼光，所以都是悄悄地來，再悄悄地走。這句川柳就是在描述女人連講話都得壓低聲音、偷偷摸摸的光景。

茶屋的人也明白她們的需求，因此連陰間都會靜悄悄地（?!）服務女客人。

「御代参若衆の物で喰い足らず。」

在江戶城內工作的御殿女中代替主人，前往宗廟或其他地方參拜，就叫做「代參」。這些侍女入城後，基本上就只能在城牆內過日子。對她們來說，代參可以算是唯一的外出機會。因此，當時的奧女中們在代參的回程途中，都會順道看個戲，或是去陰間茶屋宣洩一下。人們對此也有了心照不宣的默契。

而這句川柳想表達的就是：若眾那種程度的玩法，根本滿足不了女中的慾求不滿。

有些陰間過了20歲以後，便轉換跑道，改當專門服務女性的男娼。據說有很多人都會感嘆女性顧客的性慾過強。

假裝在賣東西，其實是……巷弄間也有自營業的陰間！

女性（中間）在民宅的庭院前引誘男娼（右）。男娼的前髮綁得完美，賣的是扇子的紙。他把扇子的紙裝在箱子裡，四處兜售。旁邊還有個天真無邪的小孩在撈金魚。
《風流座敷八景》（局部）鈴木春信繪製　國際日本文化研究中心典藏

「地若眾」不是指陰間，而是指一般的年輕人，但當中也有人是自營業的男娼。

這些男娼會打著其他工作的名號在城市裡行商，四處奔走，也就是所謂的「跑業務」。

他們大約15～16歲，正處於男色boy的巔峰期。將頭頂的束髮綁得又高又大，乃是基本中的基本。《好色一代男》裡也寫過自營業男娼boy綁著高髮髻的美麗模樣。

他們的經營範圍相當廣，從寺院到民宅都有。人們心裡也很清楚這些人不單是在賣東西而已。江戶的某些地區內有許多自營業男娼，其中較有名的就是芝神明前（現在的港區芝大門）一帶。

有人甚至擁有自己的店鋪，表面上在賣伽羅油，實際上則是在當陰間，而且生意好得不得了。這間店的主人就是前若眾歌舞伎演員，中村數馬。曾經在舞台上高不可攀的數馬，改做生意後也非常成功。而這就是發生了知名的「忠臣藏」元祿赤穗事件的那個時代。

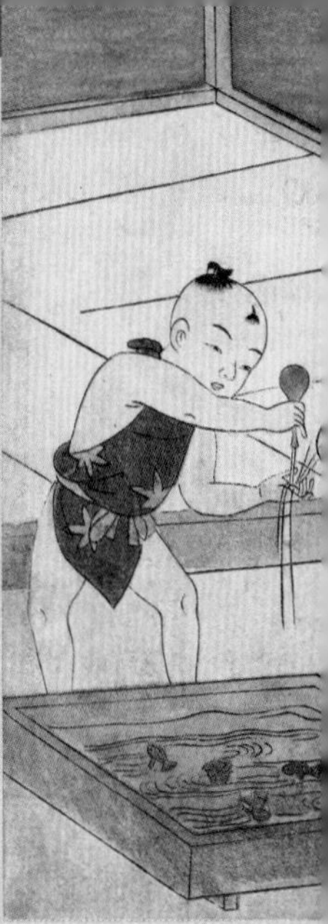

少年帶著香到疑似是寺院的地方兜售。賣的當然不只是香。
《野白內証鑑 4 卷.〔 4 〕》（局部）　國立國會圖書館典藏*

從讓鼻子變挺到保養肌膚
目標成為一流的陰間，該如何訓練？

少年們若被當作陰間來栽培，就會做一些「成為一流男娼」所需的訓練。前文中提過的《野郎絹飾》就有記錄下那些訓練的具體指導內容。

陰間從10歲左右開始就要幫鼻子塑形，好讓鼻子變得更高挺。因此，他們每晚都得在鼻子上墊棉花，再用小木板夾著鼻子睡覺。

因為要防止長高，所以早上起床後不可以伸懶腰。用竹葉燒成的灰當潔牙粉，隨時保持口腔清潔。仔細清洗腋下，以免發出體臭，熏到別人。先把石榴的皮浸泡在洗米水中，再取出陰乾、磨粉、裝袋，然後再用這個東西來洗澡。

此外還有「修剪頭髮時，應該用線香或浮石來修」等，簡直跟訓練遊女一樣用心良苦。

其實，陰間們都在追求不會輸給遊女的美貌。而他們的最大難題就是鬍子，因此，他們當然也得拚命地拔鬍子。

陰間真正的價值就在於中性魅力。所以鬍子就等於是陰間們的「恥毛」。

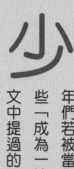

這些陰間甚至有類似「接客禮儀」或「接客指南」的東西。明曆3年（1657年）出版的《催情記》就是專為若眾而寫的男色教戰手冊。

其收錄的內容從才藝、飲食，到修剪指甲都交代得鉅細靡遺。

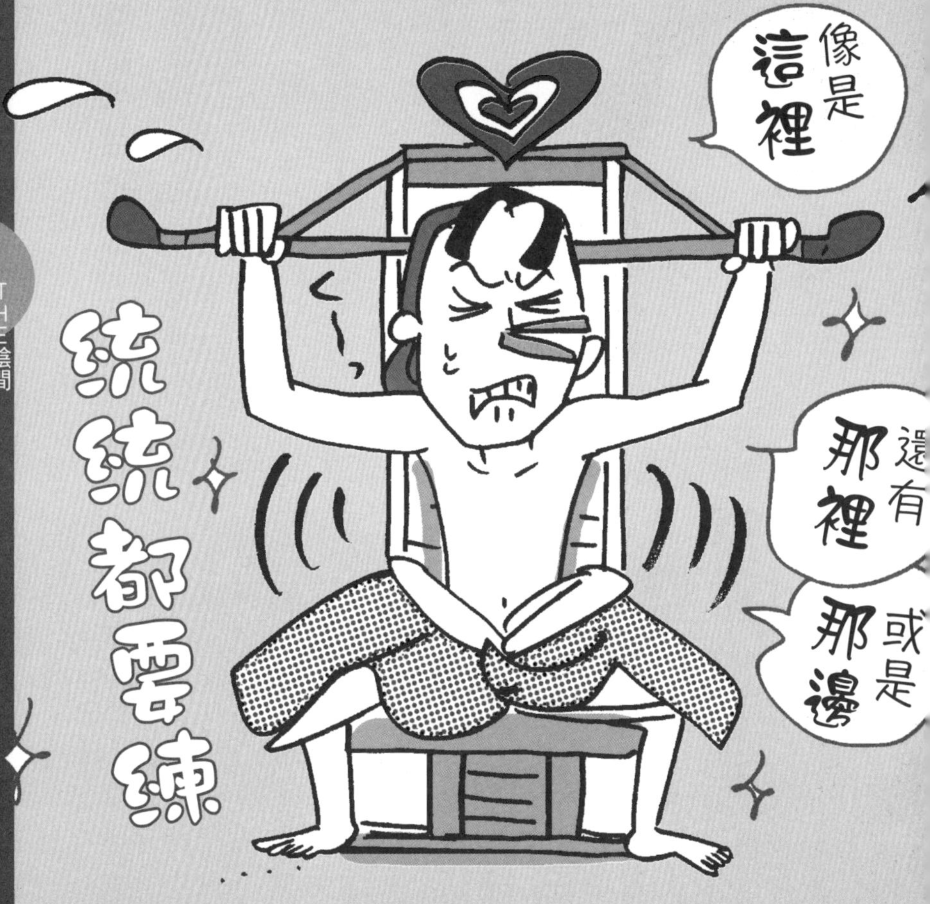

書中先從如何營造氣氛開始教起。「應在房間裡焚香，以營造出『美好時刻』的氣氛。在『見面後到上床前』的這段時間內，可以閒聊一下或做點其他事，開心、放鬆地度過這段時間。衣服不要穿得像女人一樣，請在素雅、不搶眼的地方琢磨帥氣感。」接著又教些諸如此類的事。「等到要做的時候，也別忘了在親吻的過程中，適時地說一兩句中聽的話。做完之後，先聊個2個鐘頭左右，再起身整理儀容等，弄好之後回到被窩裡，說些『好冷，給我溫暖』之類的話就行了。」還有「早上道別時，若想再見到那位客人，就爽快地道別，不拖泥帶水；如果對方是不會再見面的客人，就哽咽地對他說：『請您忘了我吧。若想我，就看看這個吧。』然後拿內衣之類的東西當禮物送給對方就行了。」之類的，從頭到尾都在教導細節。

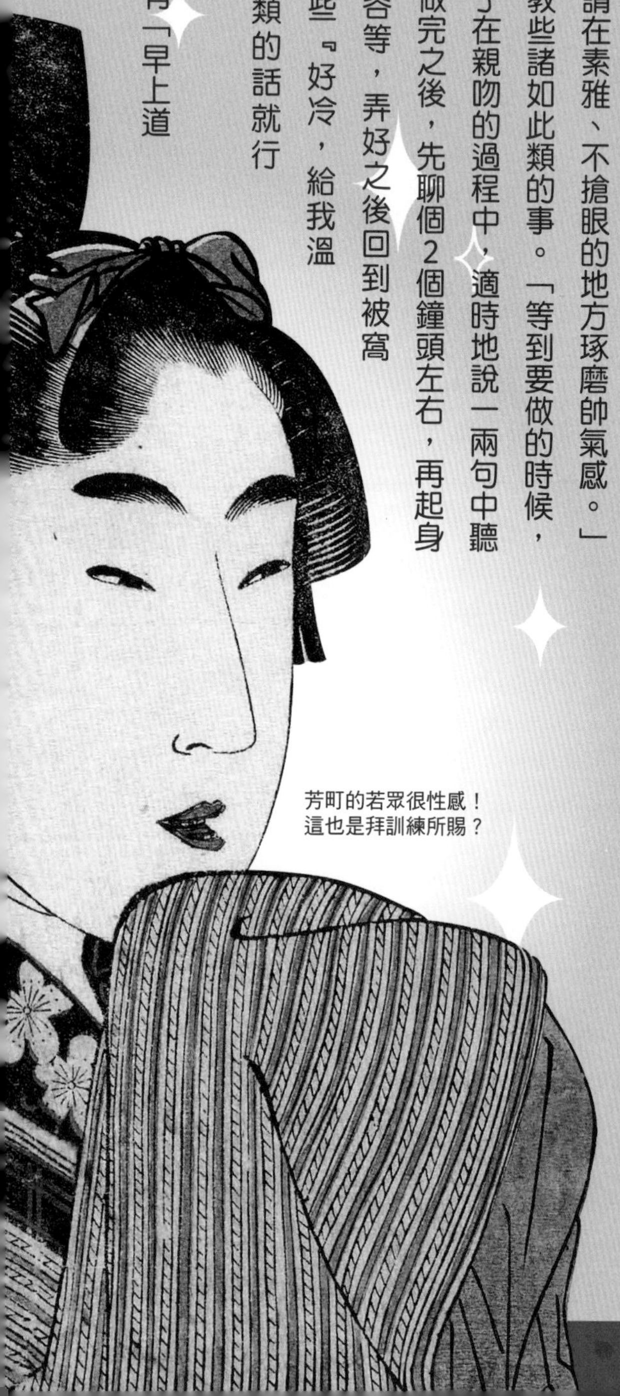

芳町的若眾很性感！
這也是拜訓練所賜？

書中也提及了鍛鍊屁股的方法。首先要把指甲剪乾淨，然後在小指上塗油，再邊摸屁股邊插進去。隔1～2天後，換插無名指。再隔數日後，換成練習插中指。若訓練過程順利的話，就可以進入插拇指的階段。最後會由店主或可以信賴的常客來進行「實際插入」訓練。

另外，也有人不是用手指，而是使用一種叫做「棒藥」的木棒來進行訓練。在纏著棉的木棒上，塗一些溶在芝麻油裡的礦物（銅的原料）後，就可以用它來抽插。

這些訓練可能會對剛學習當受的陰間造成心理創傷，因此必須慢慢來，慎重行事。

他們這些男色專家就是這樣學習工作技巧的，但重點是，《催情記》的著作年代，是尚講求心靈契合的純愛時代。

而書中以「由客人領導」的角度來教導陰間該有的舉止，也是挺有意思的。

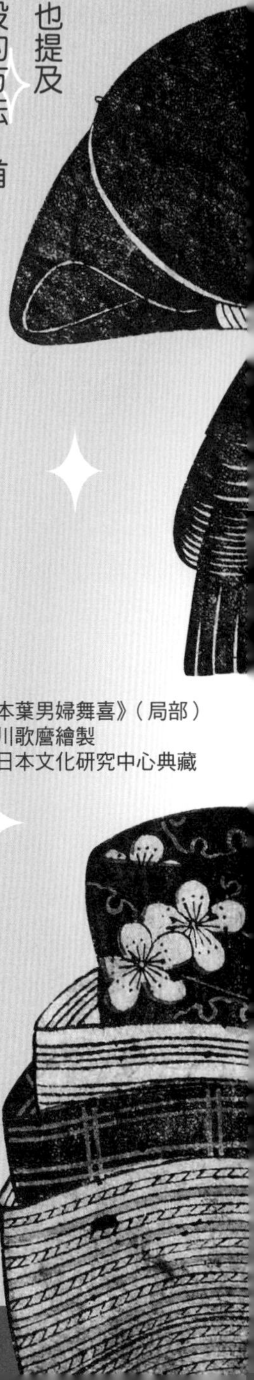

《艷本葉男婦舞喜》（局部）
喜多川歌麿繪製
國際日本文化研究中心典藏

嚴禁臭味，放屁的法則！陰間們的NG食材有哪些？

在眾多陰間教科書當中，也有一些書會提出食物方面的注意事項。《男色十寸鏡》（貞享4年·1687年）裡頭就直截了當地寫下「若眾最該留意的，就是食物」。書中說「身為若眾的人，絕對不可以吃飯菜中有氣味的東西」，並點出「烤魚、烤雞也是會散發出氣味的東西」，還給了「熊也是非得撕咬著吃才行，所以吃相很難看」的忠告。

在用餐禮儀方面，不管是把放比較遠的菜拉過來，或是伸長手去夾菜，都是很難看的動作。

由這個禮儀延伸出來的還有，享用納豆湯、山藥泥、蕎麥麵等食物時，不可以在客人面前發出唏哩呼嚕的聲音。還有一些明確的建議，例如：不能碰會滴湯的那種湯湯水水的食物；吃海螺時，不能吸殼裡的湯汁。

其中，最該避開的東西就是根莖類食物。

連腋下都得保養的他們，自然會非常注意自己的味道，因此，「在性交過程中放屁」是絕對得避免的事。

「芋を喰ふ陰間は部屋で叱られる。」

這就是在講，陰間明知不能吃，卻還是偷偷吃了地瓜，被發現後便因此挨罵了。

順帶一提，據說開工前可以吃蒟蒻來促進排便。

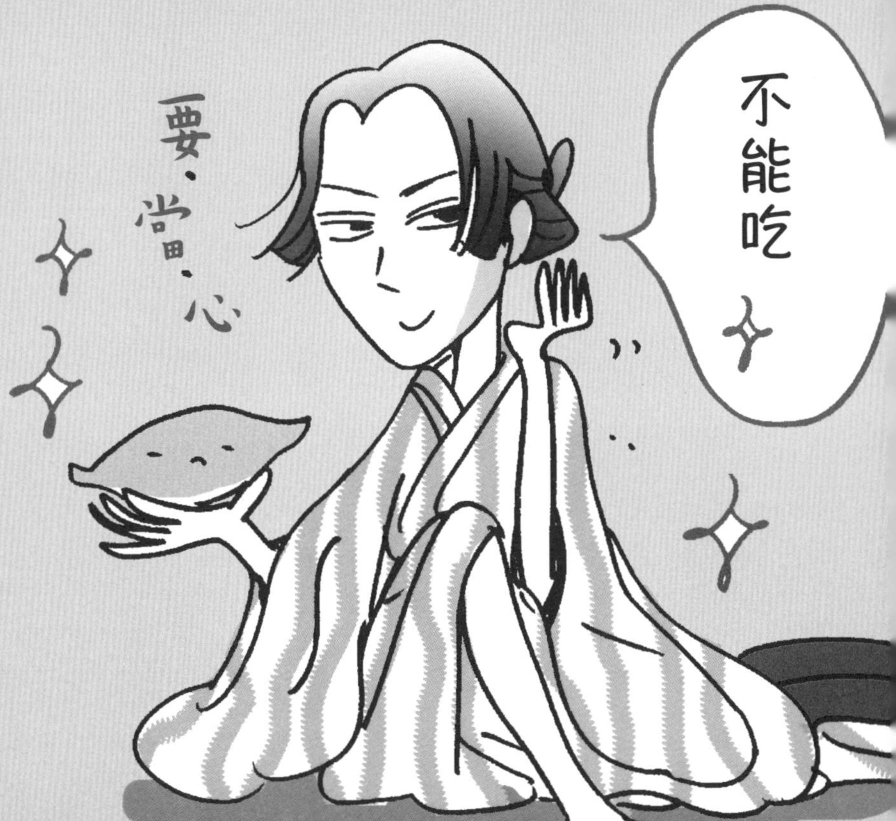

幾乎都扮女裝，有時則打扮成小姓
時尚方面流行變裝！

在若眾歌舞伎大紅大紫的江戶時代初期，若眾就是當時最具話題性的人物。他們扮女裝時，會梳著「若眾髷」的髮型，像女人一樣化著淡妝、穿著「振袖」。雖然在當時，振袖是男女都穿的服飾，並不是女性的專利，但據說，陰間們通常都會在那上面加一件黑色羽織（外套）。

　幕末出版的《守貞謾稿》記錄著江戶、京都、大坂的文化，以及各式各樣的主題。根據此書記載，在享保年間（1716～1736年），江戶、京都、大坂的陰間都穿大振袖或中振袖，然後梳著時下流行的「島田髷」，看起來就像處女一樣。

　另外，跟僧侶一同外出時，若因為穿女裝而被誤會成真正的女人，就會害僧侶受罰，因此，陪僧侶看戲或賞花時，就會偽裝成帶刀的小姓。

　唯有看「頭」才能一眼分辨出陰間。

綁著若眾髷的小姓

當演員的陰間與若眾頭上都會戴一頂紫帽子（野郎帽子），然後再戴上斗笠。江戶時代的滑稽本《風俗七遊談》裡也有一幅畫，描繪著「陰間在前往茶屋的路上，用手扶著頭上的斗笠，以防斗笠壓壞束髮」的模樣。

戴不戴斗笠也是隨著時代而變，好比天保年間改革後，就規定所有的演員都得戴斗笠，因此斗笠也成為陰間的必備配件了。

紫帽子

另外，褌（日式傳統兜襠布）對常常裸體見客的陰間來說，也是賺錢工具之一。好比有人指出「建議選用黑色、紅色，或是茶色的羽二重（一種和服布料）」等。穿著它，就可以選擇自己脫，或是請客人脫，不然也可以穿著直接做。就各方面來說都很重要。

但其實，不只陰間會這麼做。當時江戶男子認為，講究和服的內裡或看不到的地方，才是搞時尚的精髓。所以專業人士更是如此。

用手托著斗笠，以保護美麗的束髮。

《男色今鑑 5 卷》、《男色比翼鳥 6 卷》（局部）
皆為國立國會圖書館典藏*

也有「玩這麼大?!」的驚人事實！陰間PLAY的祕訣與心得？

採訪陰間時留下來的紀錄便是《野郎絹篩》，而這些自白也揭露了許多真實的體驗。

據說在當時，某些藩認為陰間是敗壞風紀的主因，因而嚴格取締陰間。

於是，他們就會被塞到葛籠中，喬裝成不為人知的行李，然後被運送到有客人等著的房間裡。「葛籠」就是曾出現在日本童話故事《剪舌麻雀》裡，老婆婆背著的那種大型儲物箱。

不過，這要是被發現的話，就得遭受懲罰，因此別說設酒宴了，連表演歌唱、三味線等才藝的機會都沒有，一見面就得上床。這就是一味地要求陰間「上工」的真實經驗談。

會遇到這種事的陰間，就是被派到外地遊歷、磨練才藝的「飛子」。他們感嘆地說，在那種需要偷偷摸摸見面的地方，都會有很多急著上床的客人。

而另一方面，找陰間玩的客人似乎也有一套潛規則。

那就是年齡。

無論是不讓小姓元服的殿下（通常，元服後就是「畢業」了），還是因為相愛而在一起的情

裝葛籠裡的陰間抵達城下！出自《諸遊芥子鹿子》*

侶都一樣，總之，無論是哪個時代的男色交易現場，都是偏好年輕男性。

《涎掛》（寛文5年，1665年）裡甚至寫著：「11至14歲，含苞之花；15至18歲，盛開之花；19至22歲，凋零之花。」

雖然也有一些男色控就是喜歡散發男人味的成年陰間，但那終究只是例外。

基本上，過了花樣年華的陰間，就只會被世人當作「好色之徒的對象」來看待，因此，據說陰間很討厭被人問到年齡。

連井原西鶴都曾說：「不能對演員們做的事，就是調查他們的年齡。」陰間們的心可是很敏感的。

過度使用身體引發職業病
湯療痔瘡的地點為箱根的底倉溫泉

既然屁股是「賺錢的工具」，那麼痔瘡就等於是陰間的職業病吧。雖然也有藥物治療法，但通常還是採用溫泉療法。當時，箱根七湯作為江戶人的湯治場而大受歡迎，而七湯之中的底倉溫泉，正是陰間們最愛去泡的溫泉。

在湯治場內，底倉也算是很特別的溫泉。

「底倉で見た芳町の美少年。」

芳町是江戶中較具代表性的陰間茶屋聚集區。這句川柳的意思就是，在底倉溫泉看到之前在芳町見過的若眾。總之，一大堆住江戶的陰間都愛往底倉跑，因此，在澡堂內做色情服務生意的湯女們也是心癢癢。她們似乎都在等待機會，期待自己哪天也能體驗一下帥氣的陰間。

另外，由於陰間大多都是擅長表演的歌舞伎相關人士，所以當時也有這麼一句川柳：「夜は芝居の出来る底倉」，意即「晚上可以演戲的底倉」。

箱根七湯的導覽書《七湯的枝折》（文化8年・1811年）也寫到，陰間做湯療的時間一長，就會無聊到聊起他們的客人，因此就能聽到一些赤裸裸的祕辛，好比和哪家的公子如何

PLAY之類的。

平賀源內的男色文學《根南志具佐》（寶曆13年・1763年）裡頭寫著，京都出身的陰間講起話來優雅又細柔，非常受歡迎。

上方（關西）出身的陰間被稱作「下り子」、「下り樣」（有「從高處下來的人」之意），等級比講話粗野、脾氣暴躁的江戶人高了一截。因此，關東出身的人也被迫學習京都腔，以「下り」、「新下り」之類的身分做「偽裝產地」銷售。

因此，長期在底倉溫泉做湯療的話，自然就有很多機會去接觸陰間們的京都腔。至少在江戶時代中期以前，江戶人都還有「上方情節」。酒也要「下り酒」才算高級，在地生產的酒就被看扁。知道了這樣的價值觀之後，也就能明白陰間為何要學京都話了。

正在接受痔瘡治療的陰間。泡完湯後換針灸。
《七湯栞10卷.〔1〕》（局部）　國立國會圖書館典藏

一流繪師們的BL作品

江戶時代的「浮世繪」在現代人眼中，是藝術價值極高的藝術品，無論在日本國內外都備受矚目。然而在當時，浮世繪不過就是一種大眾媒體而已。

當時除了直接用筆畫之外，還有版畫技術，能夠有效率地大量生產。因此，當時的畫家們為了做生意，當然也會畫一些大眾想看的主題。

鈴木春信

代表作《風流艷色小豆人》當中的一幕。主角是圖中右側的嬌小男子「真似衛門」。他正在偷窺BL的愛愛現場。
《風流豔色小豆人》（局部）鈴木春信繪製
國際日本文化研究中心典藏

據說在浮世繪作品中，有五分之一都是春宮圖，而那當中也有不少男色春宮。

當時的春宮圖又稱作「笑繪」，比起性愛，更多了幾分「搞笑」的輕鬆感，廣為日常生活所接納，跟現代看待春畫的感覺完全不一樣。

對繪師們來說，春畫哪裡是什麼害羞的題材，不但要寫實地描繪肌肉、表情，還要精細地描繪頭髮等，反而是需要高超畫功的領域。

男色的春畫常常被來當繪草紙等大眾文學的插圖。在菱川師宣的《枕邊絮語四十八手》以及奧村政信的《閨之雛形》中，都有「2名乍看下像遊女的男娼在服侍店主」的畫面。喜多川歌麿的《道中・戀濃婦登佐男》裡也畫有男娼與嫖客。

鈴木春信的《風流豔色小豆人》裡也出現過陰間茶屋。

除此之外，西川祐信、宮川長春、鳥居清長、葛飾北齋、溪齋英泉等多位一流繪師也都畫過那方面的圖。

在當時，BL就是如此融入平民文化。

菱川師宣

將浮世繪這個名稱發揚光大的巨匠，自稱「浮世繪師」。同時，他也是稀世的春畫繪師，其作品有一半都是春畫。

《若眾遊伽羅之枕》菱川師宣繪製　國際日本文化研究中心典藏

喜多川歌麿 僧侶壓在前髮若眾身上。若眾的標緻臉龐，展現出最傑出美女圖繪師．歌麿的作畫風格。
《帆柱丸》喜多川歌麿繪製　國際日本文化研究中心典藏

溪齋英泉 栩栩如生的美女圖是英泉的特色。只要他一出手，陰間眼神可以如此性感。
《枕文庫》（閨中紀聞／枕文庫）溪齋英泉繪製　國際日本文化研究中心典藏

彌次和喜多是有著某種關係的搭檔?!

登場人物

彌次先生

《東海道中膝栗毛》的主角之一，即年紀較大的那位大叔。原本是富二代。

喜多先生

故事中的另一位主角。彌次先生的搭檔，曾當過陰間。

有名的《東海道中膝栗毛》是江戶時代的暢銷書。它不但是戲作者，十返舍一九的代表作，還是連續出版10年以上的滑稽本超級巨作。

這是描寫著由彌次、喜多這兩位笨拙大叔組成的二人組，為了前往伊勢神宮參拜而踏上東海道之旅，並一路胡鬧的故事。

他們從江戶的長屋出發，然後在途中發生各種事，經歷了各種體驗。這樣的故事恰好搭上當時的旅行熱潮，讓江戶人看得非常入迷。

其實，這有名的二人組本來就是「私奔的男

《東海道中膝栗毛 發端》（局部） 國立國會圖書館典藏*

色搭檔」。而且他們都不是江戶人。他們分別是駿河的有錢公子哥，彌次郎兵衛（彌次先生），以及旅行中的演員見習生（就是所謂的「飛子」吧），鼻之介。鼻之介是陰間，很常獲得彌次先生的捧場，而鼻之介元服後，便改名為喜多八。

彌次先生把所有財產都花在喜多先生身上，變得一毛不剩後，便帶著喜多先生離開駿河，前往江戶同居。書中也有描寫他們離開長屋踏上旅途時的情景。

他們出發前往江戶時，彌次約為50幾歲，喜多則是30歲左右，兩人的年紀相差很多。

但是，兩人早在喜多先生元服前，也就是還在駿河的時候就已經有關係，因此他們應該是來往超過10年的伙伴了。順帶一提，旅途中的兩人，不知為何都沒有像過去一樣發生男色關係，卻不斷有充滿活力追求女性的場面。

儘管如此，當時的讀者也不覺得這樣的主角設定有什麼奇怪的地方。

兩位名演員！男色緋聞的真相

登場人物
三代目・坂東三津五郎（1775～1831）文化、文政年間的歌舞伎演員。屋號為大和屋。
五代目・瀨川菊之丞（1802～1832）優秀的人氣女形演員。江戶歌舞伎的大名跡。

在眾多歌舞伎演員之中，主演等級的演員們，就如同現代所謂的超人氣演員或藝人，換言之就是大明星。

他們的一切都備受矚目，從台上演出的節目、角色，到台下的家紋、與角色相關的和服花紋等，全都是焦點。人氣繪師所繪製的演員畫像，就跟海報或照片一樣，賣得飛快。

在這個時代，人人都著迷於自己所支持的演員，然而卻有兩位當紅演員被爆出男色醜聞。

他們分別是三代目坂東三津五郎，以及女形演員，五代目瀨川菊之丞。當時除了謠傳他們之間有男色關係之外，還說菊之丞對三津五郎的妻子出手，最後甚至一起私奔了。這則醜聞可說是吸引了世人的所有目光。

不僅如此，這兩人還相差20歲以上，因此，年輕的菊之丞所看上的三津五郎之妻，應該是一位熟女。

而且，這兩人都是病死，病死的時期也差不多，簡直是這段醜聞的同場加映篇。

三津五郎原定於天保2年（1831年）11月在河原崎座演出歌舞伎，卻因為生病而無法演出，最後病死於12月27日，享年56歲。

而菊之丞這邊也是在演出數日後病倒，就以僅僅30歲的年紀，於1月6日離開人世。

當時只要有知名演員過世，就會有人畫一種叫做「死繪」的浮世繪，以作為訃聞或追悼用。

三津五郎與菊之丞過世時，由於有生前的緊密關係推波助瀾，所以出現了很多角色優美、意味深長的兩人組合圖像。

三津五郎與菊之丞被繪製的死繪。他們被畫成歌舞伎悲劇愛情故事裡的人物。上面寫有逝世日期、年齡等資訊。站在三途川旁的兩人，身上穿著印有「南無阿彌陀佛」字樣的和服。
《「坂東三津五郎」「瀨川菊之丞」》一勇齋國芳繪製　東京都立中央圖書館特別文庫室典藏*

江戶鬼才‧平賀源內是名副其實的男色家！

登場人物

平賀源內

（1728～1780）江戶中期的蘭學家、草本學者（植物學家）、醫生、劇作家、發明家等。是個曾在多方領域中發揮長才的多元創作家。

至今也很有名的鬼才——平賀源內，曾發明靜電裝置，以及為了賣鰻魚，而想出用「土用丑日就吃鰻魚吧」來推銷「土用鰻魚」的策略。

正如同本書在P76中提過的，平賀源內是個名符其實的男色愛好者。與源內有來往的大田南畝即說過：源內只要一有空就會待在有男娼可嫖的「子供屋」內，有時甚至一連住好幾天。儘管常常往有

平賀源內的肖像
《肖像１之卷》（局部）
國立國會圖書館典藏*

陰間茶屋的芳町、湯島跑，卻從來不去吉原。

而實際上，源內也在其作品《男色細見 三之朝》中寫著：「討厭喜歡女郎的若眾，誹謗喜歡若眾的女郎。」即男色家、女色家沒來由地互相討厭對方。由此可見，源內並不是單純的喜歡眾道，而是「排斥女色」的那種。換言之，他比較像現代所謂的「男同性戀者」。在當時，有這種感受的人亦被稱作：討厭女人的「若道方」。

源內的代表作《根南志具佐》（寶曆13年・1763年）成為當時的男色文學最佳暢銷書。他的筆名「風來山人」還因此變成男色的術語。

故事從地獄開始講起。一名年輕僧侶與當時的人氣演員——瀨川菊之丞（請見P104）有過男色關係。這名僧侶下了地獄，準備接受閻羅王的審判。閻王一開始很生氣地說：「據聞凡間有男色。不可接受！」

不過，閻王知道此僧侶有多麼地迷戀菊之丞，於是就勉強看了一下菊之丞的畫像。沒想到這一看就令閻王改觀，最後連閻王都愛上菊之丞，同時也解除了男色禁令，並判僧侶免罪。

而另一方面，菊之丞這邊也有衝擊性的展開。某次，菊之丞在隅田川搭船遊玩時，有一隻愛好男色的河童，化身成威風凜凜的武士，然後就在皎潔明月下與菊之丞結合。

源內拿實際存在的人物來設計角色，並盡可能地描寫男色的魅力。此書可說是充滿了高超寫作技巧的傑作。

留有「色道有二」名言的巨匠・井原西鶴

登場人物

井原西鶴

（1642～1693）大坂富商出身的俳人，浮世草子的作者。《好色一代男》是寫實描述百姓生活的浮世草子的先驅。

井原西鶴乃是大作家兼男色家，他用內容包含自身體驗在內的《男色大鑑》等「好色」系列作品，來呈現出當時的性文化。他在10年之內，陸陸續續創作出多部人氣作品。

當時，大眾出版文化開始普及，充滿幽默元素的《好色一代男》即是所謂的「好色物」。在這本大受歡迎的作品中，就有這麼一句話：「色道有二，睡時念之，醒時亦念之。」在後來的《好色五人女》中，也有登場人物說：「男色、女色是不可分開的東西。」

《男色大鑑》的其中一幕。因為愛得太深而成為浪人的武士，終於和他的愛慕對象講到話。

《男色大鑑 8 卷.〔 1 〕》（局部）　國立國會圖書館典藏*

這一幕出自井原西鶴的處女作《好色一代男》。主角世之介是個早熟、男女通吃的富二代。他正在偷看女人洗澡。
《繪入好色一代男.卷 1》（局部）　國立國會圖書館典藏*

換言之，西鶴的立場就是「當然要有配角啊，不是嗎？」而當時的世人正是這麼想的。

井原西鶴創作出來的人物們，都在生動地歌頌著男色、女色的美好。

作品裡出現的年輕打工族，幾乎都是雙性戀者，最起碼，他們完全沒有「男色導致結不了婚」的感覺，不僅如此，還毫無忌憚。好比《好色一大男》裡的世之介，就是一個「7歲就懂愛，曾與3千多名女性、700多名男性來往，過著奔放愛慾人生」的角色。《男色大鑑》裡甚至有美麗人妻幫丈夫安排，好讓丈夫跟喜歡的歌舞伎演員幽會。此外還有：男人儘管已有妻室，也要為了心愛的演員而死；眾道關係中的大哥被殺後，小弟誓要報仇的決心一點都不輸給武士。諸如此類的故事，各個都是由充滿戀愛情懷的人們全力演出。

這個時代的老百姓，就是愛看這種「熱情解放性慾的人性戲碼不斷上演」的文學作品。江戶時代人們的能量還真是令人敬畏啊。

奪走5條人命並引發騷動的男色事件

登場人物　**伊丹右京**（1624?～1640）江戶的櫻川侍從的小姓。

寬永17年（1640年）發生了一件有名的眾道事件。

有一名小姓，名叫伊丹右京，是個公認的小帥哥。他有一位大他2歲的「念者」，也就是曾跟他訂下男色關係之約的人，名叫舟川采女。

某天，有個名叫細川（或細野）主膳的武士對右京一見鍾情。他多次嘗試透過茶坊主向右京示愛，但右京就是沒有反應。主膳覺得很沒面子，便向身邊的人透露，他打算殺了右京洩恨。

右京聽到消息之後，便先下手為強，在府邸裡辦晚會時，砍殺了也有前來參加晚會的主膳。然後，右京還打算殺了茶坊主，可是就在找人的時候被抓了。

然而最糟糕的是，這場晚會的主辦人正是右京的主君，櫻川侍從。換句話說，右京雖受櫻川寵愛，卻背叛了他，不僅和采女交往，還毀了晚會，害主人顏面盡失。

伊丹右京的周遭……
難道我有魔性？
舟川
左馬助
細川

最後，背負著此罪的右京，在淺草的慶養寺內，與急忙趕來的采女手牽手舉刀互刺，共赴黃泉。此時，右京16歲，采女則是18歲。

順帶一提，采女在認識右京之前，也有自己的念者。他的這位男色對象叫做志賀左馬助。

當時，人們都覺得左馬助應該會追隨采女切腹自盡，但左馬助卻打算逃走。結果，人們竟然架著他，把他帶到淺草，然後強迫他自盡。

而且，就連單純幫忙牽線的茶坊主，也因為此一騷動而被砍了頭。幾年後，這一連串的事件便被寫成《藻屑物語》，以文學作品的形式保留了下來。

喜歡男色就跟「愛喝酒」一樣，都算是興趣?!

飯田藩（現在的長野縣飯田市）的大名——堀親良在寬永13年（1636年）留了一份遺囑給他的兒子。遺囑內除了有「要注意飲食」等忠告之外，還囑咐兒子「切莫沉迷」男色與女色。

這份父親傳給兒子的訓誡中透露出，沉迷男色、女色就跟「喝太多、吃太多都對身體不好喔」的感覺差不多。意思就是叫他兒子「就算不戒，也要克制一下」。

天正3年（1575年）發生「一向一揆」暴動時，乃是由織田信長這邊的總大將

——柴田勝家成功鎮壓住動亂，因此，信長把越前的部分領土賞給勝家，並告訴他：「鷹獵少玩點啊。還有別吃太撐、不要接近少年，也別再用看戲、辦宴會來解悶了。」

跟「找少年玩」陳列在一起的忠告，又是一些和「平時的興趣」差不多的事。

進入江戶時代後，連那位平賀源內都在《江戶男色細見　菊之園》（明和元年．1764年）中客觀地寫道：「就像『季節不同，食物的滋味也會不同』那樣，男、女色並存乃是很自然的事。」

毫無疑問的，不管是哪個例子，都呈現出「適度的休閒娛樂才是最棒的」。

叫陰間來助興的酒席。酒席後當然有「樂子」等著他們。有時候會用抽籤來決定誰跟哪個陰間睡。《男色木芽漬 6 卷.〔 4 〕》（局部）國立國會圖書館典藏*

和陰間&遊女3P是庶民最奢華的享受?!

「男色、女色是不可分開的東西。」這句話出自井原西鶴的作品。當時，「二刀流」是理所當然之事。

在歌舞伎的演目中，亦有可以證明此事的場景。

名作《鳴神不動北山櫻》（寬保2年．1742年）裡頭的好色武士出門找人時，連在房間內等屋主前來會面的空檔都不浪費，一會兒想親吻送菸草盆過來的少年，一會兒又調戲送茶過來的女中，講一些下流的笑話。

雖然他們都嫌棄地逃走了，但好色武士卻絲毫不覺得自己有錯，只說：「真丟臉啊。」

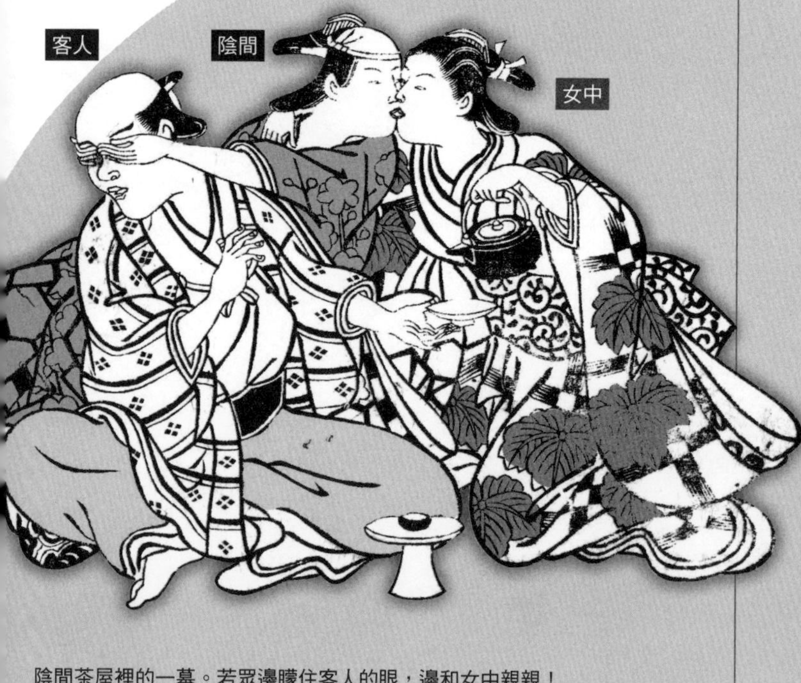

陰間茶屋裡的一幕。若眾邊矇住客人的眼，邊和女中親親！
《風流色貝合》（局部）西川祐信繪製　國際日本文化研究中心典藏*

寡婦（客人）和演員、陰間3P！
《會本色好乃人式》（局部）勝川春章繪製
國際日本文化研究中心典藏*

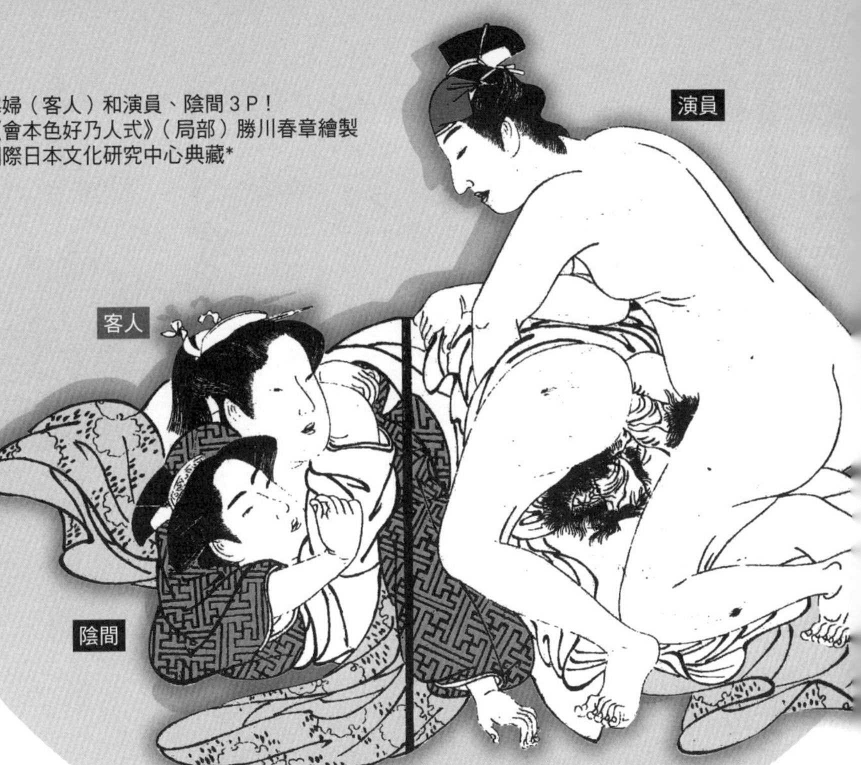

文學界也不遑多讓。《西鶴置土產》（元祿6年・1693年）的主角想去買女人，便出了門。然後又想說，不如趁等待天黑的空檔，去找演員（若眾）打發時間。結果，他玩一玩便改變了心意，所以晚上就繼續跟陰間玩了。這就是看心情來做選擇的「二刀流」。

另外，《好色敗毒散》（元祿16年・1703年）中登場的兌幣店老闆，除了有妻妾之外，還處處藏女人，甚至還在店裡間置3名不工作的少年。

他這麼做，都是為了在某個斷絕女色關係的祖先忌日那天「好好享受」。而且，他也會出門找男人，真的是玩很大。

帶陰間進遊女屋是庶民的夢想。
《閨之雛形》奧村政信繪製　國際日本文化研究中心典藏*

「ちょっとちょっと陰間も買って偏らず。」

這句明和2年（1765年）的川柳是指：買遊女之餘，也要買陰間，取得平衡，別偏愛某一邊。明和5年（1768年）的《男色細見 三之朝》裡也有一篇寫著「禁止藝妓與子供（陰間）同席」的文章。

也就是說，藝妓與陰間待在一起的話，兩人就會把客人晾在一旁，然後自己打得火熱。最極致的玩法，就是找陰間和遊女來三人同樂，而這也是庶民最憧憬的玩法。

好比西鶴的《好色一代男》的主角世之介，就很常去光顧男女都賣的賣春旅館。在喜多川歌麿所寫的《戀濃婦登佐男》中，甚至有遊女在偷看陰間與男人辦事時，就跑進房裡推銷自己，並提出參戰要求。此外也有這樣的橋段：欲求不滿的寡婦，一口氣買兩個陰間玩3P。陰間則被如此強大的性慾嚇得渾身發抖。

無論是找遊女或陰間都是很花錢的娛樂，這樣的組合玩3P可謂是奢侈的極致。正因為是令人憧憬的情境，在春畫中也不乏描繪3P的作品。

據說其中最有人氣的一幕就是「僧侶上了正在與女人性交中的若眾」。這其實是在諷刺「性慾最強的就是和尚」，可見在江戶時代，僧侶的尊嚴也是沒剩多少。

加上和尚後，總共有7名好色之徒在此縱慾！
《枕童兒拔差萬遍玉莖》（局部）
竹原春朝齋繪製　國際日本文化研究中心典藏*

喜歡熟女的家康也很疼愛井伊?!

登場人物

德川家康

（1543～1616）在關原之戰、大坂冬之陣、夏之陣中取得勝利，為德川幕府第一代將軍，建立了延續265年的江戶時代。

庶民會享受男色，武士也會。而說到江戶時代的武士，就會想到那位為天下帶來太平的德川家康。據說他對男色沒什麼興趣。

家康在開創江戶幕府之前，也是一名武將。對戰國武將而言，與家臣發展男色「眾道」乃是理所當然的「嗜好」。幾乎沒有男色緋聞的，也就只有豐臣秀吉而已。若以當時的角度來看，秀吉反而是個怪人呢。

而另一方面，家康有很多小妾，而且不

只喜歡年輕女子，還喜歡寡婦和熟女。在當時，他搞不好跟秀吉一樣，都是怪人也說不定。

不過，就連這樣的家康也曾罕見地愛上一個男人，井伊萬千代。

此人就是日後成為「德川四天王」之一，別稱「鬼」的猛將——井伊直政。他是於天正3年（1575年）時，作為「家康的小姓」而被家康發現。

萬千代是個容貌姣好、心地善良的帥哥。家康很喜歡這個大概只有14歲的少年。畢竟家康溺愛萬千代到都不讓他元服，一直讓他保持「前髮」正太的模樣，直到萬千代21歲為止。

尤其，因為萬千代雖是個話不多的人，卻會率直地給家康諫言，所以家康也很信任他。

之後，萬千代改名直政，並成長成優秀的人才，連留在家康身邊當人質的秀吉之母，北政所都很中意他。

不過，萬千代長大成人後，依然和家康保持著蜜月般的關係。《德川實紀》中亦有記載，家康常常去直政家找他。

之所以會有大奧，是因為家光也有斷袖之癖！

登場人物

德川家光

（1604～1651）德川幕府第3代將軍。第2代將軍‧秀忠之子。繼承家康時代傳下來的建設天下任務，完成了江戶城下的基礎建設。

在德川幕府的歷代將軍之中，家光也算是數一數二的男色家。據說家光對女性非常不感興趣，而他的乳母——春日局深怕這樣會引發繼承問題，便設下苦肉計，希望他能夠把目光轉移到女人身上。這就是日後變成巨大後宮的「大奧」的起始點。

家光的男色關係相當辛辣。比方說，與之有男色關係的侍從——坂部五左衛門，在跟家光及其他小姓一起洗澡時，背著家光偷摸小姓的屁股。於是家光暴怒，二話不說斬了坂部。

同時，家光也有天真無邪的一面。寬永6年

（1629年），小姓們為了祝賀26歲的家光病後痊癒，便一同獻上「今樣風流踊」舞蹈表演。

家光見到小姓們化著妝、穿著華麗羽織跳著舞的模樣後，不禁興奮地站了起來，一一跟小姓們蹭臉頰。想必家光很快就會完全恢復吧。

欣賞美少年跳舞是家光的嗜好，到後來甚至由伊達政宗等人舉辦舞蹈表演，使之變成定期的娛樂活動。

《德川實紀》中則記載著，小家光2歲的堀田正盛備受家光寵愛。此人竟然可以從只有千石財力的小武士，一路升到老中的職位。兩人在家光當將軍前就有往來，家光還曾親自帶著很多禮物去堀田家拜訪。

家光身邊隨時都有多名帥氣男孩侍候著。就在同一個時期，家光也很中意另一名小姓，酒井重澄。

某日，家光同時邀兩人前來，並親自為他們泡茶。因為家光先把茶給了正盛，所以重澄心生嫉妒，憤而砸碎茶杯。但家光居然笑著原諒他了。而這究竟是不是因為將軍的器度夠大呢？

小姓共130人！左擁右抱的狗將軍大人

登場人物

德川綱吉

（1646～1709）第5代將軍。第3代將軍家光的四男。其母阿玉是從普通市民變成側室。最有名的事蹟是頒布「生類憐憫令」。

德川綱吉有個徹頭徹尾的男色家父親。他自己跳過「能」的事也是廣為人知。但最有名的還是：他曾從能樂師實習生當中，挑出好幾名美少年來當自己的小姓，享受左擁右抱的感覺。

江戶城的「桐之間」原是能樂師的待機室，但綱吉時代的「進桐之間」卻是指：被選去當綱吉的小姓或男色對象。

實際上，在綱吉任職將軍的這20幾年當中，就留下了多達130名小姓的紀錄。

除了那些當能樂師的孩子之外，抬轎子的、甚至是做料理的少年也都在他的多元狩獵範圍內。

綱吉治世見聞錄《御當代記》內即記錄著「男振きれいなるによりて」，簡而言之就是「因為是美少年，所以要挑出來」。

接著來看看綱吉與小姓如何「過夜」吧。

「值班」的小姓會獲贈和服等大量禮物，而在用來搬運那些行李的木箱之中，又有一箱是專門拿來裝髒東西的。

據說箱子裡放的是棉被、睡衣。綱吉在位時，這些都被放在倉庫裡保管，待綱吉死後，便連同箱子跟著他一起消逝在上野的寬永寺中。

順帶一提，綱吉不只寵愛小姓。據悉，他的近侍柳澤吉保，其實是他的前男友。而且，吉保的府邸內不只住著吉保，還住著20多名綱吉的男寵。綱吉讓他們住在特別的別院內，並派人監視。這20幾個人不管是已婚或單身，都被當成小妾來對待，受到24小時監控。據說綱吉總以夜間出巡為由，急急忙忙地出城，前往已然變成男色後宮的吉保府邸。

德川將軍們無盡的男色緋聞

在15名歷代將軍之中，愛好男色的可不只有前面那幾代。據說第2代的秀忠、第6代的家宣、第9代的家重、第10代的家治、第11代的家齊、第12代的家慶也都是男色家。

換言之，在15名將軍當中，就有超過半數的人是「有正室，又擁有眾多小妾，同時也喜愛男色」。

秀忠娶了織田信長的姪女阿江當正室，但沒有娶妾。人們認為他是個怕老婆的人，但他其實也有徹底地享受過男色。

秀忠的對象是丹羽長重。此人在知名的關原之戰中隸屬西軍。世人笑稱，多虧了秀忠，長重才能當上白河藩10萬石的藩主。

丹羽長重原是豐臣秀吉的手下，秀吉死

2代・秀忠

9代・家重

6代・家宣

11代・家齊

10代・家治

12代・家慶

後，他便改投家康，然後才被選出來當秀忠的小姓。

這些武家的男男情愛不只是單純的興趣及喜好，更是關係到政治、官運的重要一環。更何況，如果對方是將軍大人的話，那麼絕對是值得賭上人生啊。

第6代將軍家宣的近侍——新井白石也曾在他的書中提起秀忠與長重的關係。

此外，第9代將軍家重有語言障礙，因此也有人說，唯一能聽懂他的話的大岡忠光，就是將軍的男色對象。

也有這樣的謠言：田沼意次能當上老中，都是因為他與第10代將軍家治之間有男色關係。

第11代的家齊是歷代將軍中，擁有最多側室的一個。不僅如此，他還有餘力享受男色，真不愧是眾所皆知的精力旺盛將軍。

到了第13代將軍以後，在男色文化衰退的時代背景影響下，將軍的「嗜好」也跟著改變了。

日本的男色文化與其去向

江戶時代中期以前，日本的男色文化都還健在。現代普遍認為，令男色文化衰退的契機，應該就是享保改革（1716年〜）。

在寬政年間（1789〜1801年），連歌舞伎都開始刪減掉當初紅遍半邊天的男色演目。文政年間（1818〜1830年），曾經寫過歌舞伎劇本的西澤一鳳軒也表示：「這種題材已經不太合大眾的胃口了。」

到了天保改革時（1830〜1844年），江戶市內只剩下湯島的一角還有陰間茶屋了。男色產業已然是風中殘燭。

湯島本來是上野寬永寺的僧侶們最愛去的地方。由於寬永寺是德川將軍家的菩提寺，所以才能動用政治影響力，讓湯島的陰間茶屋在天保改革後也能繼續營業。

不過，湯島的陰間茶屋也隨著幕府的潰散，在進入明治時代後自然消失了。

這個約莫延續了一千年的男色文化，就在江戶女性人口增加等世事潮流的影響下，迎來了作為「大眾嗜好」的終點。

穿著振袖和服的人物便是湯島的陰間。此為文政 2 年（1819年）發行的繪草子中的插畫，可得知這個時期在湯島仍有陰間存在。
《諸國道中金之草鞋. 1》（局部）　國立國會圖書館典藏*

監修者

山本博文（Yamamoto Hirofumi）

1957年生於岡山縣津山市。專攻近代日本史。文學博士。1992年以《江戶留守居役日記》（讀賣新聞）獲得第40屆日本隨筆作家俱樂部獎。主要著作有《掌握歷史之技》、《125代天皇與日本史》、《決定版江戶散步》、《如何學習歷史》等多部作品。電影《浪人47愁錢中》即改編自其作品《「忠臣藏」的決算書》（新潮新書）。此外也參與NHK教育頻道《智慧泉》、NHK《Radio深夜便》等多部電視、廣播節目。

《男色木芽漬 6 卷.〔 2 〕》（局部）
國立國會圖書館典藏*

主要參考文獻

《男色の日本史 なぜ世界有数の男色文化が栄えたのか》
Gary P. Leupp／藤田真利子譯（作品社）
《江戸の色道》渡辺信一郎（新潮選書）
《江戸文化から見る男娼と男色の歴史》安藤優一郎監修（カンゼン）
《日本男色物語 奈良時代の貴族から明治の文豪まで》武光誠監修（カンゼン）
《武士道とエロス》氏家幹人（講談社現代新書）
《江戸男色考 悪所篇》柴山肇（批評社）
《江戸男色考 色道篇》柴山隆（批評社）
《江戸男色考 若衆篇》柴山肇（批評社）
《江戸のかげま茶屋》花咲一男（三樹書房）
《男色の景色 -いはねばこそあれ-》丹尾安典（新潮社）
《なぜ闘う男は少年が好きなのか》黒澤はゆま（KKベストセラーズ）
《全訳 男色大鑑 武士編》染谷智幸・畑中千晶編撰（文学通信）
《全訳 男色大鑑 歌舞伎若衆編》染谷智幸・畑中千晶編撰（文学通信）
《浮世絵春画と男色》早川聞多（河出書房新社）
《男色大鑑》井原西鶴 日本古典文學全集 39（小学館）
《破戒と男色の仏教史》松尾剛次（平凡社新書）
《「悪所」の民俗誌 色町・芝居町のトポロジー》沖浦和光（文春新書）
《女装と日本人》三橋順子（講談社現代新書）
《江戸の少年》氏家幹人（平凡社ライブラリー）
《耳嚢》長谷川強校注（岩波文庫）
《江戸の艶道を愉しむ》蕣露庵主人（三樹書房）
《江戸の色道（上）男色篇》蕣露庵主人（葉文館出版）
《大江戸性事情》中江克己（廣済堂出版）

日文版STAFF
編輯・執筆
♥有澤真理（エディキューブ）
♥森井聡美（エディキューブ）
♠二之宮隆（双葉社）

插畫
♥小迎裕美子

設計
♠武田崇廣（三晃印刷）
♠內藤大暉（三晃印刷）

國家圖書館出版品預行編目資料

日本史中的男男情愛：外遇糾葛、PLAY招數、春畫……腐味飄揚的男色盛世/山本博文監修；鄒玟羚、高詹燦譯. -- 初版. -- 臺北市：臺灣東販, 2020.12
128面；14.3×21公分
ISBN 978-986-511-546-3（平裝）

1.同性戀 2.歷史 3.日本

544.751　　109017117

日本史中的男男情愛

外遇糾葛、PLAY招數、春畫……腐味飄揚的男色盛世

2020年12月1日初版第一刷發行

監　　修　山本博文
譯　　者　鄒玟羚、高詹燦
編　　輯　曾羽辰
特約美編　鄭佳容
發 行 人　南部裕
發 行 所　台灣東販股份有限公司
<地址>台北市南京東路4段130號2F-1
<電話>(02)2577-8878
<傳真>(02)2577-8896
<網址>http://www.tohan.com.tw
郵撥帳號　1405049-4
法律顧問　蕭雄淋律師
總 經 銷　聯合發行股份有限公司
<電話>(02)2917-8022